古典詩歌研究彙刊

第十三輯

龔鵬程 主編

第13冊

劉克莊人物詩研究

張　健 著

國家圖書館出版品預行編目資料

劉克莊人物詩研究／張健 著 ― 初版 ―― 新北市：花木蘭文化
出版社，2013〔民 102〕
序 2+ 目 16+260 面；17×24 公分
（古典詩歌研究彙刊 第十三輯；第 13 冊）
ISBN 978-986-322-081-7（精裝）
1.（宋）劉克莊 2. 宋詩 3. 詩評
820.91   102000930

古典詩歌研究彙刊
第十三輯　第十三冊　　　　　ISBN：978-986-322-081-7

劉克莊人物詩研究

作　　者　張健
主　　編　龔鵬程
總 編 輯　杜潔祥
出　　版　花木蘭文化出版社
發 行 所　花木蘭文化出版社
發 行 人　高小娟
聯絡地址　235 新北市中和區中安街七二號十三樓
　　　　　電話：02-2923-1455／傳眞：02-2923-1452
網　　址　http://www.huamulan.tw 信箱 sut81518@gmail.com
印　　刷　普羅文化出版廣告事業
初　　版　2013 年 3 月
定　　價　第十三輯 20 冊（精裝）新台幣 28,000 元

劉克莊人物詩研究

張　健　著

作者簡介

張健，著名詩人、散文家、評論家。

曾任台大中文系專任教授、外文研究所博士班教授、文化大學中文系專任教授、香港新亞研究所客座教授、馬來西亞新紀元學院中文系客座教授、武漢中南財經大學教授、中山大學、彰化師大、臺北藝術大學教授、藍星詩社主編、《現代文學》編輯委員、世界華文詩人協會創會理事、中國時報專欄作家、中央研究院中國文哲所訪問學人、文建會文藝創作班詩班主任、國家文藝獎、金鼎獎、金鐘獎、教育部文藝獎、中國時報文學獎等評審委員。現為台大中文系兼任教授。著有詩集、散文、小說、學術著作、傳記、影評等一百十餘種。

提　　要

因為我已先後自台大、文化大學退休，閒暇較多，而少年壯志不減，每天讀書、寫作、研究，怡然自得，因此迭有新著問世。

劉克莊是南宋重要詩人之一，除了我在三十年前曾經指導過一篇「劉克莊文學批評研究」的碩士論文外，始終未見比較精到的劉詩研究，心中深以為憾。

二〇〇七年末上海古籍出版社出版了景紅彔的《劉克莊詩歌研究》，稍補此憾，其實此書真正講論劉詩的，只有第二章，共九十頁，實嫌不足。

劉克莊詩共有四千五百餘首，九十頁、五萬字的研究只能點到為止。

作為一個資深（約四十年）的宋詩研究者，我覺得我有責任把劉詩仔細研究一番。

由今年三月起，我花了多月的心血，完成劉詩研究的第一部——《劉克莊人物詩研究》，都十五萬字，仍交由《花木蘭文化出版》出版。

此書寫作過程中，辛更儒的《劉克莊集箋校》（北京中華書局）益我尤多，特此誌謝。

張健

一〇一年十月十五日於台大中文系

自　序

　　因為我已先後自台大，文化大學退休，閒暇較多，而少年壯志不減，每天讀書、寫作、研究，怡然自得，因此迭有新著問世。

　　劉克莊是南宋重要詩人之一，除了我在三十年前曾經指導過一篇「劉克莊文學批評研究」的碩士論文外，始終未見比較精到的劉詩研究，心中深以為憾。

　　二〇〇七年末上海古籍出版社出版了景紅彔的《劉克莊詩歌研究》，稍補此憾，其實此書真正講論劉詩的，只有第二章，共九十頁，實嫌不足。

　　劉克莊詩共有四千五百餘首，九十頁，五萬字的研究只能點到為止。

　　作為一個資深（約四十年）的宋詩研究者，我覺得我有責任把劉詩仔細研究一番。

　　由今年三月起，我花了多月的心血，完成劉詩研究的第一部──《劉克莊人物詩研究》，都十五萬字，仍交由《花木蘭文化出版》出版。

　　此書寫作過程中，辛更儒的《劉克莊集箋校》（北京中華書局）益我尤多，特此誌謝。

張健

一〇一年十月十五日於台大中文系

目次

前　言

　　劉克莊（西元 1187～1269 年）是南宋末葉的主要詩人之一。吾意南宋十大詩人應爲：陳與義、劉子翬、朱熹、陸游、楊萬里、范成大、姜夔、戴復古、劉克莊、文天祥，克莊其一也。若取其五，則陳、陸、楊、范、劉。

　　克莊初名灼，字潛夫，號後村。福建莆田縣人，彌正子。嘉定二年以郊恩官建陽令，言官摭其詠落梅詩以爲訕謗，鄭清之力辨得釋。淳祐初特賜同進士出身，除秘書少監，兼中書舍人。因揭發奸臣史嵩之罪狀，有直聲，累官龍圖閣學士，致仕。咸淳五年正月卒，年八十三。諡文定。克莊前後四度立朝，天性忠愛，敷奏剴切，晚歲兼兩制，度宗尤重之。著有《後村大全集》一百九十六卷。

　　後村詩共有四千五百餘首，題材寬濶，詩藝亦不弱，與陸游、楊萬里並稱「渡江三大家」，葉適、林希逸稱之爲文壇宗主，「中興一大家數」。詩風豪邁奔放，雄健疏宕，有時不免粗野、淺露。用典多，時有機械、滑熟之失。晚節頹唐，詩亦生硬拗捩，以文爲詩，其弊不小。初期略受西崑體及永嘉四靈影響，後來轉學賈島、姚合，又特別推重楊萬里、陸游，最後企圖在江西派與晚唐體之間自闢蹊徑。詞與劉過、劉辰翁齊名，號稱三劉，馮煦甚至認爲「與放翁、稼軒猶鼎三足。」

劉克莊的詩，就題材論，人物詩獨居第一，約一千多首，其他如寫景、詠物、感懷時事、抒情、旅遊等，數量亦甚夥。本書特自克莊眾多的人物詩中，選擇較佳的四百餘首，分別加以賞析論評，以見其成就。

卷 一

1. 郭璞墓

先生精數學，卜穴未應疏。因拊虎鬚死，還尋魚腹居。

如何師鬼谷，卻去友靈胥！此理憑誰詰？人方寶《葬書》。

（辛更儒：《劉克莊集箋校》卷一，頁 1。北京中華書局，西元 2011
年 11 月）

這首詩表面上是寫郭璞墓的，其實全詩無一字及於其墓，完全詠郭氏
的一生。

按：郭璞不但是晉代名詩人，也是一位名聞古今的卜者、風水師。才
　　高位卑，或爲人笑。王敦權重，起爲記室參軍，璞不敢辭，明帝
　　太寧元年（西元 323 年），敦專擅朝政，又移鎮姑孰，逆謀愈著，
　　次年溫嶠、庾亮密謀討之，令璞占之，曰：「大吉。」敦將起兵
　　反，亦使璞筮，曰：「無成」，又言若起事，必遭禍。敦怒，收斬
　　之，年方四十九。此事詩中特別加以強調。

　　詩之首二句，平平實實交代郭璞的專長，但二句已暗藏玄機，預
示璞之死亡不尋常。三句拊虎鬚，說卜敦之事十分傳神，四句乃詩人
狡猾，把斬首說成「尋魚腹居」，正好扣緊二句之「卜穴」，魚腹亦墓
穴也！

　　五句原是正寫，卻用「如何」二字打頭，好引發六句之「友靈胥」：靈是屈原，胥是伍員，二人均死於水。而屈原之高潔、伍子胥之義氣，皆可以烘托郭璞。

　　末二句乍看是天問，其實八句之「寶《葬書》」，竟成為莫大的反諷。

　　未卜先知，是郭璞；善於謀人、拙於謀己，亦是郭璞。此詩別開生面，耐人尋味。

2. 魏太武墓

> 荒涼瓜步市，尚有佛狸祠。俚俗傳來久，行人信復疑。
> 亂鴉爭祭處，萬馬飲江時。意氣今安在？城笳暮更悲。

（同上卷一，頁 3）

此詩便是直詠魏太武帝廟了，但重心仍在其人。

　　首句寫其地點：陸游《入蜀記》卷一：「過瓜步山。山蜿蟺伏，臨江起小峰，頗巉峻。絕頂有元魏太武廟。廟前大木可三百年，一井已智，傳以為太武所鑿，不可知也。……」按後村父彌正嘉定元年以淮東提舉就除轉運判官，漕衙在揚州，魏太武廟則在真州六合縣南，此詩為嘉定元、二年之間所作。

　　三、四句流水對，自然而明白。五、六句頗有風采，「亂鴉爭祭」，一幅精彩畫面，亦隱含人生哲理，「萬馬飲江」，影射佛狸君王風範，下引「意氣」一義。

　　末以城笳暮悲為結，是寫謁名人墓之好境。

3. 徐孺子墓

> 今曉安墳意，梅仙舊廟傍。醮成龍不至，羅設鳳高翔。
> 黨錮人俱燼，先生骨尚香。小詩拈未出，何以侑椒漿？

（同上，頁 4）

此詩可粗分為三部分：前四句寫墓，首二句寫實，三四虛擬。首句委婉說安墳意，次句繼之，梅仙謂梅福，曾為南昌尉（孺子為南昌

人），王莽時棄妻子入山，人以爲仙去云。故二墓相去不遠，似正象徵孺子之品格身分。

　　三、四句龍鳳高翔，醢空設，羅空張，謂如孺子般的高人，世間功名富貴不可羈絆之也。按孺子名糴，漢末人，執高義而不仕，郭林宗稱之爲「南州高士」，陳蕃爲豫章太守，至南昌，不入廨而先謁孺子，其爲人敬重如此，然則此二句亦可以當之無愧。

　　五、六直寫而有餘韻：東漢黨錮之禍，多少人罹難，而先生之身、之德獨完好無損。末二句又是作者自謙，且足映襯先生之高。

　　此詩作於嘉定三年，後村二十四歲。

4. 薛明府

> 長官三載內，屢被督郵嗔。靜鎮笞刑少，公清縣庫貧。
> 減租寬野老，掃榻待詩人。祇恐鳧飛後，民間事事新。
>
> （同上，頁 13）

薛明府，疑即莆田縣知縣，惜名字已不可考。但其人其政，令人嚮往不已。

　　清官好官，每被督郵（上級巡察官員）所嗔責，似乎是中國傳統社會的宿命之一。劉備、陶潛，都曾有此遭遇。此縣令之屢次被責，亦不足怪，或許正能反映他的清和正。

　　中間二聯，鮮明地寫照了他的爲人爲政，靜以施政，少刑罰，清以蒞民，少稅賦，對待詩人（或即後村本人），則掃塌以迎，如此好官，殊不易得。四句對仗亦工切。

　　末二句用王喬典，謂此公若仙去時，民間已事事更新。亦可能是擔心人亡政息。

　　此詩雖樸實，但其人（薛明府）的確是一位值得敬仰、值得紀念的人物。一詩可使之不朽。

5. 示觀老

住山仍黑瘦，瓶錫極蕭然。頂髮千莖雪，跏趺一縷煙。

禪堪拈出眾，詩亦長於前。燒盡西窗燭，相看各不眠。

（同上，頁14）

按：觀老是何人，亦不可考，據詩意看來，應是一位禪師。

首句刻畫他的形象：又黑又瘦，簡而清晰，兼且介紹他的生活背景。二句瓶錫顯示他的身分，蕭然暗示他的處境。

三、四句是全詩精華：頂白如雪，跏趺如煙 —— 如煙者，輕也，瘦也，灑脫也，超俗也。

五、六句直述，更露出他的另一特色 —— 能詩且精進。

末二句寫二人友誼。「西窗燭」遠紹義山，「相看各不眠」脫胎自太白的「相看兩不厭」。

全詩平實而有奇句。

6. 哭容倅舅氏二首之二

尚記陪言笑，如今叫不應。免分身後俸，僧上殯前燈。

宅有遺基在，田無一畝增。問天何至此？在日以廉稱。

（同上，頁19）

按：後村母林氏，少孤，能與大姊讀班馬書，為季父林枅所賞識，但其兄弟不可考。此題之第一首有云：「老赴容州辟，移書勸不回。」可知他曾做地方官吏。

首二句說舅甥舊誼，自然生動。三句似言不願分舅氏之身後俸，或以遺其孤兒，四句平說成對。

五、六句寫舅氏之家境，扣住八句之「在日以廉稱」。但因七句之「問天」，更增淒婉之致。

7. 吳大帝廟

露坐空山裏，英靈喚不回。久無祠祭至，曾作帝王來。

壞壁蟲傷畫，殘爐鼠印灰。令人渾忘卻，江左是誰開？

按：孫權廟號爲大帝，其廟在建康西門外清涼寺之西，舊傳今廟即當
　　時故宮。但是後村身當千年之後，卻見到如此不堪的景象。

　　前二句憑空抒寫，「露坐」、「空山」均富有暗示性及象徵意味。

　　三、四句可算流水對，亦是倒裝語。曾作帝王，威震一時，其廟
卻日久失修而無人祭祀，何等感慨。

　　五、六句實寫廟之現況：蟲傷壁畫、鼠印爐灰，何等凄涼！蟲鼠
輩面對一代獅子，如何囂張若是！

　　七八終結全詩，再強調今昔之感、盛衰之差。江東是孫家所開，
世人何忘如此人傑！

　　此詩用淡筆寫濃情，故佳。

8. 聰　老

聰老才堪將，髡緇意未平。僧中能結客，禪外又讚兵。

喜聽詩家話，多知虜地情。何當長鬢髮，遣戍國西營？

（同上，頁22）

聰老爲金陵保寧寺僧，生於杭之於潛徐氏，八歲剃髮受具，後還家塾
學五經。後游閩越、江東西、湖南北，凡緇白名流，反復博約，雖好
誇務勝，惡聲相加，必雍容婉辭，盡底蘊乃已。徙建康保寧、蔣山、
南徐金山。在保寧時，制府講守禦，師與幕府諸公議論，俱有本末。
異時敵入濠滁，略蘄黃，悉如所料。壽六十五。

　　此詩四十字，寫盡聰老一生。首句開門見山，次句以「意不平」
寫其人格。三、四句加五、六句，歷數聰老的懷抱及氣度；能禪能兵
能詩，且喜交友。對仗清切。

　　末二句寫出作者的仰慕之忱及私心願望。國家興亡，匹夫有責；
聰公究係高僧乎，抑愛國英雄乎？

9. 哭薛子舒二首之二

忍死教磨墨，留書訣父兄。讀來堪下淚，寄去怕傷情。

墓要師爲志，詩於世有名。夜闌秋枕上，猶夢共山行。

（同上，頁 23）

按：薛子舒，兵部尚書薛叔似之子，名師董，天才穎拔，知名當時，
　　卒於建康某官任上。

　　此詩開始得奇突，只說子舒死前忍病教人磨墨留書給父兄之事，
足見其人的孝悌認眞。三、四句緊接上二，側說遺書內容，外人讀之
猶堪落淚，不敢寄去其父兄處也。

　　五句之「師」，不知指誰，或即後村本人？六句直述子舒亦佳詩
人。

　　七、八句婉約地說出二人的情誼。全詩若配合上一首的「友共收
殘稿，妻能讀殯儀。供來書冊子，掩淚付孤兒。」以及「瀕危人未信，
聞死世皆疑。」則子舒之生前身後，大致都已交代清楚了。末引二句，
似有合掌之嫌，但亦無可厚非。

10. 贈川郭

　　　川郭顚狂甚，平生挾術游。老猶攜侍女，貧不謁公侯。
　　　用藥多投病，酬錢或掉頭。金陵官酒貴，應典舊貂裘。

　　　（卷一，頁 24～25）

川郭不可考，爲後村在建康爲官時所交的民間友人。

　　詩中描寫他是一位遊方醫生。首二句寫他的狂態和沒說清楚的專
長，到第五句才補充說明。但十字已將此人之形象輪廓描寫出來。

　　三句寫他的風流自在，四句寫他的節操清高。

　　五句落實寫他的專長和生活，六句補充，說他的樂善好施，爲醫
不受酬。

　　七、八句看似閒言餘波，其實緊接六句，便更能添增此公之風韻。

　　此詩爽爽利利，讀之欲浮一大白。

11. 贈錢道人

　　　除了布裘外，都無物自隨。跣能行大雪，饑但嚥華池。
　　　說相言多驗，嫌錢事更奇。一般難曉處，裝背貴人詩。

（卷一，頁 25）

此道人亦不可考，亦是建康友人。

詩中摘寫此人（應爲和尚），句句落實，卻看不出參禪、學佛、做佛事等情節，亦是一奇。

首句引出「布裘」，次句直說「無物」，莫非暗示「色即是空」一義？身外物固不足戀也。

三、四句則神奇矣，赤足踏雪猶可說也，饑嚥池水莫非仙佛？五句說他特長，未卜先知；六句說他廉潔，一介不取。

七、八兩句乃平中見奇：爲貴人詩裱褙，爲何？賺錢乎？不；愛詩乎？或許；媚貴人乎？否；遊戲人間乎？亦非不可能。

此類人物，乃後村自少至老喜歡結交者。

12. 張麗華墓

台上柏蕭蕭，空堂閉寂寥。芳魂三尺土，往事幾回潮？
墮翠尋難見，埋紅恨未銷。猶勝江令在，白首入隨朝。

（卷一，頁 26）

按：《至大金陵志》卷十二：「張麗華墓在賞心亭天井中，間有光氣如匹練，掬之如水銀流散。蓋地中有所藏耳。」但就本詩內容看，後村似未見到水銀般的光氣。

此詩只就陳叔寶寵姬張麗華其人其事立言。

首二句描寫墓所之即景：「蕭蕭」、「寂寥」前後呼應，氣氛之淒涼可想而知。

三、四句泛寫，但芳魂往事，尺土之上若有潮焉。「墮翠」莫非墜井之諧語？「埋紅」猶言埋佳人。「恨未銷」上應「往事幾回潮」。

末二句中的江令，指江總，陳亡後隨後主降隋。此二句似輕實重。憐惜佳人之外，更譴責貳臣江總者流。

全詩綿綿密密，自具理致，而不及於濫情。

13. 送鄒景仁

衝寒何處去？新戍尚來年。客勸休辭幕，君言已買船。

霜清江有蟹，葉脫木無蟬。若過東林寺，攜家往問禪。

（卷一，頁 27）

鄒景仁亦爲江淮制司同僚，不可詳考。

此詩前四句只說景仁辭幕離去之事。但一曰「何處去」，一曰新戍在來年，似乎有些矛盾，或者以此表達他的不捨之情。三、四句看出眾人的不捨，以及景仁的堅決及灑脫。

五、六句最有風致：江有蟹，可以聊慰別情；木無蟬，或可減少哀思。霜清象徵鄒之人品，葉脫比喻他的蕭然離去。

末二句全屬虛擬之辭，卻可看出鄒之性情傾向。東林寺應爲江東路饒州廬山東林寺，鄒西歸所經。

14. 石俁與韓仔──二將

二將同時死，路人聞亦哀。力窮塵戰急，圍厚突難開。

戰骨尋應在，殘兵間有迴。傷心郵遞裏，隔日捷書來。

（卷一，頁 27）

按：劉宰《漫塘集》卷二一有〈濠州新建石韓將軍廟記〉詳載二將禦敵之事：嘉定十二年，濠州士民齊集抗金，正月辛亥，石將步卒百七十，韓將騎二百，而敵眾彌望，自午迄酉，戰數十回，所殺過當，且擒金將李萬戶，敵乃退，二將嚴陣以待，平明敵軍又至，二將一呼，士勇百倍，勢如摧枯。最後仍以寡不敵眾壯烈殉國。

此詩以平實之筆寫悲壯之事。首二句尤其樸實。三、四句說得清楚些。五、六句補述實際情況，但「尋應在」三字，仍流露不確定的實情。末二句也是實寫，卻在「隔日捷書來」五字之前冠以「傷心」二字，令人黯然無語，感同身受。

15. 陳虛一

幾載皖山耕，忽提孤劍行。戰場中有骨，尺籍上無名。

> 馬自尋歸路，身空試賊營。卻疑兵解去，曾說鍊丹成。
>
> （卷一，頁29）

陳虛一，亦在淮南抗金戰死者。

首二句活生生寫出一位民間英雄的形象：皖山，在懷寧西十里，此處正乃農耕之地。「孤劍」遙對「幾載」，亦有至意焉。

三、四句至樸至拙，但拙得動人。陳虛一有名有姓，但兵冊上卻無名，古今多少「無名英雄」，莫不如此！為國捐軀，血骨遺于沙場，卻無人聞問，陳氏得後村此詩，亦云幸矣。

五、六句倒裝：先試攻賊營，死後馬才自尋歸路：人馬相匹，悲在不言中。

末二句忽一轉，是後村慧思：看虛一其名，本即學道求仙者流，鍊丹成而兵解，其然乎，不然乎？

化悲為喜，化骸骨為解脫。

16. 別敖器之

> 舊說閩人苦節稀，先生獨抱歲寒姿。
> 老年絳帳聊開講，當日烏台要勘詩。
> 東閣不游緣有氣，草堂未架為無貲。
> 輕煙小雪孤山路，折贈梅花寄一枝。（卷一，頁32）

敖器之，名陶孫，名詩人，福清人。慶元初，趙汝愚死貶所，器之為詩哭之，當路捕之急，乃變姓名亡命江湖。後登慶元五年進士。終以《江湖集》詩案罹詩禍。

此詩首二句說敖之節操甚高。三句謂他老年開帳講學，四句追述為詩哭趙，得罪權貴（韓侂冑），烏台要來追緝他。

五、六句意謂不求權貴，以有氣節，兩袖清風，致無安宅（「草堂」為老杜入蜀後住宅）。

末二句以孤山林逋為烘襯，折寄梅花一枝，既表其清高，又示以友情。

此詩五十六字，字字不浪費，器之形貌精神如見。

17. 哭楊吏部通老

白首除郎已晚哉，民間桑柘手親栽。

蓋棺只著深衣去，行李空據語錄回。

主祭遺孤猶未冠，著書殘稿漫成堆。

可憐薄命飄蓬客，虛事江西幕府來。（卷一，頁33）

按：《閩中理學淵源考》卷一二：「楊楫字通老，長溪人。剛介不苟合，
與楊方、楊簡俱朱門高弟，號三楊。舉淳熙五年進士……終朝散
郎。」

故本詩首句即云：「白首除郎已晚哉」，嘆其官運不濟；次句謂遺
愛在民間，十四字說盡大半生。三句深衣，謂次級朝服，直扣首句。
四句說他的學問灌注在「語錄」（《悅堂文集》）中，六句又繫此句。
五句則說其子猶幼稚。八句指他曾為江西運判，官小職輕，仍沿首句
脈絡，七句明言之，以「飄蓬客」總結其一生。七縱八橫，不離其宗。

18. 趙清獻墓

南渡先賢跡已稀，蕭然華表立山陂。

可曾長吏修祠宇，便恐樵人落樹枝。

幾度過墳偏下馬，向來出蜀只攜龜。

自憐日暮天寒客，不到林間讀隧碑。（卷一，頁36）

趙清獻即趙抃，在神宗時知成都府，召歸，神宗曰：「聞卿匹馬入蜀，
以一琴一鶴自隨，為政簡易，亦稱是乎？」其墓在衢州府西安縣東四
十五里欽化鄉臨溪里。楊萬里〈過楊塘趙清獻公神道題柱〉云：「是
惟清獻之墓，過者可不敬乎？敬斯慕，慕斯為。……」

此詩首二句以南渡先賢跡稀烘托趙墓之屹然而立。規模乃立焉。
三句惋惜其祠宇失修，四句直寫其蕭條之況。

五句由楊萬里文化出，「偏」字用得好，反扣三、四句。六句出於
《蜀中廣記》卷103：「趙清獻知成都日，以一琴一鶴自隨，及再至，
屏去龜鶴，止一蒼頭執事。張公裕作詩送之云：『馬諳舊路行來滑，龜

放長江不共來。』復觀王素〈聽運使閱道殿院撫琴〉詩亦云：『雷琴一張龜一隻，惟將二物娛幽情。』可知清獻攜鶴之外，又攜龜矣。」此處用龜不用鶴，非故意求奇，爲平仄合洽也。此二句亦爲倒置句。

末二句收場，又是自憐自謙語，日暮寒客，不敢仰視清獻偉人也。全詩平淡而肅然。

19. 送拄杖還僧

> 頭白高僧行腳懶，一枝筇竹久生苔。
> 不逢太乙燃藜照，時借山翁荷蓧迴。
> 夜掛多尋蕭寺壁，曉拈恐化葛陂雷。
> 還師此物禪須進，曾入詩人手內來。(卷一，頁41)

前二句清清楚楚，灑灑落落。頭白，筇生青苔，好一幅鄉野圖畫！太乙、山翁，正是良伴，卻是一不逢，一常借，俱顯此一高僧之平民化，生活化。五句又顯他的隨和平凡：掛錫蕭寺，六句用《後漢書·費長房傳》：「長房辭歸，翁與一竹杖曰：『騎此任所之，則自至矣。既至，可以杖投葛陂中也。』……長房乘杖，須臾來歸。……即以杖投陂，顧視則龍也。」陂在今河南新蔡西北。此處化龍爲雷以叶韻，氣勢未減，上應四句。

七句切題，八句補述，「禪須進」看似無中生有，其實亦頗中肯。此僧在詩中見首不見尾，妙。

20. 趙庚夫——送仲白

> 官舍蕭條葦蓋簷，拾薪獨有一長髯。
> 同來社友因饑瘦，遠作參軍得俸廉。
> 國士交情窮乃見，故人詩律晚方嚴。
> 中年各要身強健，別後寒衣切記添。(卷一，頁45)

仲白乃趙庚夫字，曾受誣失官，久之中朝有知其冤者得復原官，於是淮蜀交聘，而仲白死矣。全集中（卷148）有〈趙仲白墓誌銘〉，記其事蹟。

此詩首二句細寫仲白近況，官舍蕭條，長髯拾薪，長髯指仲白本人。三、四句寫實，得俸少，常饑瘦。

五、六句寫二人交情及仲白詩好，瀟灑自然。末二句叮嚀語，亦猶〈古詩十九首〉之「努力加餐飯」。

故人雖不遇，但得一知己，亦可以無憾矣。末句之「寒衣」遠承首句之「蕭條」。

21. 贈玉龍劉道士

> 觀中曾訪老黃冠，爾尚為童立醮壇。
> 新染氅衣披得稱，舊泥丹竈出來寒。
> 詩非易作須勤讀，琴亦難精莫廢彈。
> 憶上洪崖題瀑布，因游試為拂塵看。（卷一，頁 47）

此詩詠劉道士，平易近人。玉龍觀在隆興府。此道士乃後村在江西靖安簿時舊識，生平不可考。

首二句述二人交識淵源。三、四句一寫道士本人，一寫觀中景物，新舊對稱，正應合首二句意思。

五、六不漫口誇讚，卻顯示該道士之雅：能詩能琴。末二句憶舊抒交情，「拂塵看」尤好，暗切出家人心性。

22. 晉元帝廟

> 元帝新祠西郭外，野人弔古獨來游。
> 陰陰畫壁開冠劍，寂寂絲窠上璪旒。
> 勢比龍盤猶在眼，事隨鴻去不回頭。
> 葉碑廊下無人看，欲去摩娑又少留。（卷一，頁 48）

晉元帝廟，唐天祐二年置，舊在建康城內西北卞將軍廟側。宋真宗景德四年重修，後移就嘉瑞坊城隍廟東廡。嘉定五年黃度作新廟於石頭東，兩廡設禮樂群英三十六像。此詩即詠新廟。

首二句以野人自稱，亦標示新廟地址。三、四句細寫廟中光景。五句彰示帝王氣象，六句懷古感慨。末二句既傷淒寂，又示徘徊懷念

之忱。可惜全詩未正面議及元帝功德。

23. 魏勝廟

　　　　天與精忠不與時，堂堂心在路人悲。

　　　　龍顏弟子方推轂，猿臂將軍忽死綏。

　　　　灑泣我來瞻畫像，斷頭公恥立降旗。

　　　　海州故老凋零盡，重見王師定幾時？（卷一，頁51～52）

魏勝廟，在江蘇丹徒縣，名褒忠祠。勝爲忠州刺史，與金人戰，死之，隆興間以節鉞賜諡忠壯立廟。

　　首二句寫魏將軍人格，「精忠」、「堂堂」；惋惜天不與時，作者乃與路人同悲。

　　三、四句謂帝遣勝爲大將，而勝竟殉國。前四字對得恰切，「死綏」二字稍湊（按「死綏」出《三國志》）。猿臂將軍原指李廣，以喻魏勝，雖夸亦佳。

　　五、六句倒裝，瞻畫像在恥立降旗之後。七、八感慨，並藉此訴出人民心聲。

　　魏勝未勝，千古不朽。

24. 送余子壽

　　　　去歲與君同聘召，何曾杯酒暫相離？

　　　　兵謀元帥多親訪，心事同官盡得知。

　　　　三釜忽懷歸去檄，一枰未了著殘棋。

　　　　此生聚散須牢記，記上揚州戰艦時。（卷一，頁54）

首二句寫二人緣份和交情。三句寫子壽（名鑄）之專長，四句再展情誼，兼示子壽之坦蕩。五句寫辭官，六句寫依依不捨之情。

　　末二句不但永懷去思，且補充一事 —— 嘉定十一年三月，江淮制置司幕官皆隨制置使李玨巡邊，居揚州月餘，余鑄亦在此行中。首句亦指嘉定十年二月同入李玨幕府。

　　全詩不用一喻一典，話舊敘情，並致別思。而子壽風姿，已盡在

其中。

25. 送周監門

> 一領青衫似敗荷，奈君母老秩卑何？
>
> 三年幕府無人薦，常日柴門有客過。
>
> 身畔擔輕藏俸少，江頭船重載書多。
>
> 故人若問君中詩，爲說防秋夜枕戈。（卷一，頁55）

監門爲宋代監門官，掌收城門稅或負守城門之責。諸倉庫場亦設有監門官。周監門不可考。

首句精彩用喻，青衫似荷而已敗殘，二句以「何」收結，荷何一體？十四字寫盡周氏處境，或亦略顯其風骨。

三、四句實寫：三年無人薦引，而其官至卑；柴門雖窘迫，其爲人好客之風姿已見。

五、六句既寫其貧，上應一、二、四句，又寫其好書勤讀，並明示他將遠航離去。

末二句叮嚀：故人若問軍中之事，只說防秋枕戈即可。末五字抵一篇書文。

八句句句有用，互相呼應而不嫌重複。

26. 挽黃巖趙郎中二首之二

> 青衫昔作督郵時，賞鑑除公更有誰？
>
> 勘獄不嫌人守法，撰文常對眾稱奇。
>
> 築台虛辱生前意，穿冢難酬地下知。
>
> 欲寫哀思傳挽者，身今戎服不能詩。（卷一，頁56）

按：黃巖趙郎中，爲朱熹之弟子，丘密之婿，曾官郎中。黃巖，浙東台州屬縣。後村在眞州爲錄事參軍，宋人擬之以漢代督郵，掌獄訟及糾舉違法事。其時趙公爲官淮東，或爲後村上司。

首句憶昔，次句讚許賞鑑之公。三句謂己勘獄、及趙公評鑑皆公

允守法。四句似謂後村文得公稱揚。

五、六句謂趙師端（曾爲軍事推官）不在意身後築台爲紀念，而己則因陰陽永隔，即穿冢亦不能報其知遇之恩。

末二句又是自謙，「戎服不能詩」，不過說說罷了。

此詩平實得令人驚訝。前首二句「標致雖高氣宇和」，七字涵蓋趙公之品格爲人。

27. 寄趙昌父

世上久無遺逸禮，此翁白首不彈冠。
一生官職監南嶽，四海詩盟主玉山。
經歲著書人少見，有時入郭俗爭看。
何因樵服供薪水，得附高名野史間！（卷一，頁58）

趙昌父，名蕃，號章泉，居信州玉山，曾爲吉州太和主簿等官，奉祠歸。《漫塘集》卷三三〈章泉趙先生墓表〉云：「自少喜作詩，答書亦或以詩代。援筆立成，不經意，而平淡有趣，讀者以爲有陶靖節之風。」眞德秀稱他「安貧處約，泊然無營。少工於詩，晚益平澹。」

後村對章泉十分敬仰。故對隱逸三十年的他，句句稱讚：首句以世無遺逸烘托他的白首不彈冠。三句監南嶽，指趙公最後一個官職——監衡州安仁贍軍酒庫。四句推許他爲詩壇泰斗。（二山一實一虛。）五句說他著述多，六句誇他風采成範，人皆爭瞻。七句謂隱於樵牧間，八句謂他行將不朽。

全詩除首句外，一句說一義，足成一幅昌父圖像。

28. 寄韓仲止

昨仕京華豪未減，脫鞾不問貴遊嗔。
詩家爭欲推盟主，丞相差教作散人。
閉戶自爲千載計，入山又忍十年貧。
幾思投劾從公去，背笈肩琴澗水濱。（卷一，頁59）

　　韓仲止名淲，丞相韓元吉無咎之子，自號澗泉，住信州，有詩名，與趙蕃並稱「信上二泉」。戴復古〈哭澗泉韓仲止〉二首云：「雅志不同俗，休官二十年。隱居溪上宅，清酌澗中泉。慷慨傷時事，淒涼絕筆篇。三篇遺稿在，當並史書傳。」《東南紀聞》卷一謂他「以蔭補官，清苦自持。」

　　此詩首二句直抒其人風采：豪情十足，脫靴不怕人嗔（用李白高力士典）。三句平寫，四句指史彌遠以政變取代韓侂冑執政後淲反對彌遠而辭官歸信州，終生不再出仕。五、六句實說一事，士重氣節而閉戶，君子固窮而入山。七、八寫後村仰慕之忱：幾勸辭官入山，背笈負琴，同隱於水濱。

　　此詩六句寫五事，末二自抒。而韓淲之形象亦生動如畫。「二泉」如二瀑，先後輝映灑飄於天地之間，而後村自作傳述者。

29. 徐孺子與陳蕃──孺子祠

　　　孺子祠堂插酒旗，游人那解薦江蘺？
　　　白鷗欲下還驚起，曾見陳蕃解塌時。（卷一，頁63）

徐穉字孺子，為陳蕃最敬重的名士，陳至南昌，先謁孺子，傳為佳話，又解塌待穉，乃古今禮賢下士之典範。

　　孺子祠在豫章東湖南小洲上。

　　「插酒旗」，狀遊人如織狀。次句「薦江蘺」，應作「薦江蘺」，江蘺為香草名，〈離騷〉：「扈江蘺與辟芷兮。」張衡〈思玄賦〉：「綴之以江蘺。」陸機〈塘上行〉：「江蘺生幽渚，微芳不足宣。」足見江蘺象徵高士之芳德。此首二句謂孺子祠固有一番盛況，遊客幾人能了解徐穉的高潔芳馨？

　　三句以鷗實寫，其實亦象徵孺子的高格。白鷗曾見陳蕃解塌待客，然則孺子、陳蕃，終不乏世間知音。

　　七絕含蓄，不遜五絕。

35. 華嚴寺逢舊蒼頭

> 曾向叢林寄幅巾，十年塵浣臥雲身。
>
> 侍琴童子長於竹，去禮山僧作主人。（卷一，頁 74）

按：蒼頭本有二義：一，以青頭巾裹首之士兵，二爲僕傭。後村曾服
　　務軍中，故二義皆可通，然以詩意窺之，當屬第二義。

　　此一蒼頭，乃是雅人，故寄跡林中，臥雲浣塵，其實正超越塵世
也。三句妙，引出一侍琴童子，形容他長於竹，竹者清雅之物也。去
禮山僧，是另一山僧，抑即此舊蒼頭？吾右後者。

　　然則蒼頭──高士──山僧，三者合而爲一矣。

　　林、雲、琴、竹，先後相映成趣。

36. 田老──田舍

> 稚子呼牛女拾薪，菜妻自膾小溪鱗。
>
> 安知曝背庭中老，不是淵明輦行人？（卷一，頁 75）

此詩爲一田家之素描，最後著落在一家之主身上。

　　首句寫子寫女，生動如畫；三句寫母，以老萊子妻喻之，自膾溪
魚，正農婦本色（不知誰人釣之）；末二句以「曝背庭中」白描田老，
而以陶淵明擬之：逍遙田園間，猶如羲皇上人。

　　孰謂宋人不解情趣？

37. 再贈錢道人二首之二

> 尋師入蜀未曾逢，要看羅浮曉日紅。
>
> 若見仙人知去處，卻來相引到山中。（卷一，頁 79）

由此詩首句看，可知此錢道人爲後村舊識，多尋未遇。次句謂道人（應
爲道士）想到羅浮山尋仙。按羅浮山有多處，福建、湖北、廣西皆有，
廣東更有多所，其中增城東的一所，夙有仙山之名，道人是否參拜此
處？或只是泛指？

　　末二句叮囑若得仙蹤，必來相引！全詩清脆乾淨，而道人之形影
如見。「曉日紅」照映全詩。

卷　二

38. 挽郭處士

借問東郭先生者，處士寧非是遠孫？

空有新詩喧一邑，竟無明詔老孤村。

雷琴酷愛應同殉，草字尤工惜不存。

復說歸從蔥嶺去，〈騷〉成何路可招魂？（卷二，頁83）

郭處士不可考，蔥嶺在甘肅敦煌西八十里。東郭先生，據《韓詩外傳》卷七載：齊有隱士東郭先生，隱於深山，終身不屈身求仕。曹相國聞其賢，束帛安車，以迎東郭先生。

首二句取姓郭之巧合，借問他是否東郭先生後代。三句言他詩好，四句惜無人召。五句說愛琴，宜與同殉；六句讚其草書工好。

七句謂他遠去西北隱居，八句謂〈騷〉詩已成，何處招魂，除說明人已往生，似乎隱約以之上比屈原。

此詩幾乎一句一義，而隱士之面目如見。

39. 老　將

昨解兵符歸故里，耳聽邊事幾番新？

偶逢戲下來猶識，欲說遼陽記不眞。

兒覓寶刀偏愛惜，奴吹蘆管輒悲辛。

夜寒忽作關山夢，萬一君王起舊人。（卷二，頁84）

按：此爲寶祐五年，後村七十一歲時詩。

　老將是誰，似乎不太重要，重要的是：面對國事蜩螗之際，一位退休老將仍關心國情邊事。首二句用一個問號收結，頗有道理。

　三、四句是說：人雖老了，偶逢麾下舊部，仍可辨識，但談起遼陽老戰場的事，反而記不清了。這其中其實蘊含無奈與辛酸之情。

　五、六句看似別起，實則緊接三四。兒愛玩寶刀，我猶愛惜不捨；奴僕吹蘆笛，則引發我之悲思。

　七、八在無奈中似企圖翻身：做夢人人有份，但關山夢非同等閒，此夢繚繞不去，忽然引出奇思——也許是妄想：萬一君王起用我這樣的舊人，則報國之志再度得償了。

　若非末二句，則全詩只是頹喪，有此二句，則英雄面目如新。

40. 老　妓

　　籍中歌舞昔馳聲，憔悴猶存態與情。
　　愛說舊官當日寵，偏呼狎客小時名。
　　薄鬟易脫梳難就，半被常空睡不成。
　　卻羨鄰妓門戶熱，隔樓張燭到天明。（卷二，頁85）

按：此詩亦爲後村應和方回〈十老〉詩而作，未必是吟詠一固定的妓女。

　首二句寫老妓風姿及心境。三、四句親切自然，四句尤逗人生動。五、六兩句實寫老妓生活，難以梳妝，不易成眠。「半被常空」四字尤妙。

　末二句切情切理，亦鋪敘得好。但方回〈七十翁吟〉中云：「〈老妓〉〈風水僧〉，兩詩太不然。」註謂「後村〈老妓〉詩……得罪名教。」未免太迂闊矣。

41. 挽趙仲白二首之一

　　生被才名讉，摧殘到死休。家留遺稿在，棺問故人求。

對月悲孤詠，逢山憶共游。昔年攜手地，今送入松楸。

（卷二，頁86）

趙庚夫字仲白，宗室潁川郡王之後。曾治嘉興府海鹽縣酒務，府公王舍人介檄權青龍鎮，勢家為大商，匿稅鉅萬，仲白捕之急，勢家誣訴於外台，下吏鍛鍊，成其罪，坐停官。王舍人抗論力爭於朝，不報。仲白既廢，其平生志業一寓之詩，叢稿如山，和平沖淡之語，可咀而味，憤悱悲壯之詞，可愕而怒，流離顛沛之作，可怨而泣。中朝有知仲白冤者，得復原官，於是淮蜀交辟，而仲白已死。

前句說得圓轉：仲白是否因才名之高而被譴責羞辱，自有商榷之餘地，但在詩中如此說，乃是一種「詩的正義」（poetic justice），次句亦寫實而稍誇張。

三句實說，四句後村〈墓志銘〉中亦有載明：「仲白既明數，前知死日，訪其友寺丞方公信孺求棺，及死，方公捐美櫬殮之。」由此亦足見其兩袖清風之況。

五、六句寫自己在仲白死後的心情和回憶：「逢山憶共游」五字，尤能烘出二人友誼之深。七、八句緊接六句，而攜手、送柩二事，乃成天然之對比。

「之二」前四句，就仲白妻子之情況作了有力的補充：「昨弔寢門外，萊妻泣最悲。因言兒上學，復為墓求碑。」謂仲白妻關心兒之學業及求後村作墓志也。

42. 贈風水僧

向人說葬又談空，郭璞瞿曇並入宗。
背得山經如誦呪，頂將禪笠去尋龍。
徧為檀越栽生壙，預定公侯出某峰。
想亦自營歸寂處，一丘卵搭種青松。（卷二，頁87）

按：後村徧交三教九流之士，此人尤為特別，既為和尚，又是風水師，所以詩中處處合吟其人之雙重身分。

前句開戶見山，點題清晰。次句又舉實例：郭璞看風水，佛陀是教主。「又讀空」、「並入宗」，似對非對，妙。

三句實寫而近諷，四句一禪笠一尋龍，又是二者合轍。五句上佛緣下風水，六句繼說風水之術。

末二句是設想之辭，「一丘卵塔」，寫實而近諷，「種青松」則爲溫厚之收結。

七縱八橫，處處有趣。

43. 挽鄭夫人二首之一

九秩復何憾？生榮沒更衰。閨門天下則，地位佛中來。

貝葉從頭看，庭槐一手栽。侍兒聞曉磬，猶恐坐禪迴。

（卷二，頁 88）

鄭夫人，李珏尙書之母，後村在江淮制置司幕府，李珏爲其長官，故於李鈺葬母時悼之，在嘉定十二年多，人在莆田。由「之二」看，他和李母亦時有來往。

首二句包盡全首悼問之意。三句稱其爲閨範，四句讚其信佛之誠。五句繼之而生動，六句補述其生活。末二句無中生有，仍迴顧四、五。

悼人母詩，若此亦云佳好矣。

44. 挽鄭淑人

憶在軍中爲記室，謝公門館事皆知。

謙卑若婦初嬪日，儉素猶夫未貴時。

病了死生惟點首，晚憂家國每顰眉。

舊人猶有任安在，攬涕西風獻些詞。（卷二，頁 90）

鄭淑人爲李尙書夫人，與李母先後病死，詩作於嘉定十三年初。此詩更爲清切。

首二句謂自己與李家有通家之好，故其事皆知。三、四寫夫人德行：謙卑、節儉，對仗好而親切。五句寫她病時之通達，六句說她憂

國憂家，非徒一平凡婦人也。末二句以任安之於司馬遷自比，聊表心意，且與首二句呼應。

此詩中四句彌足珍貴，可使李夫人不朽。

45. 悼阿昇

寶惜吾兒如拱璧，那知變滅只須臾。
畏啼尚宿通宵火，塗顙猶殘隔日朱。
坐客相寬猶夢幻，故人來弔訝清癯。
荒山歲晚無行跡，心折原頭樹影孤。（卷二，頁90）

按：阿昇乃後村與妻林氏所生次子，嘉定十二年夭亡，方二、三歲，此詩亦作於此際。

首句示愛兒之忱，次句寫乍夭之傷感。《維摩詰所說經》卷二〈方便品〉：「是身如浮雲，須臾變滅。」後村信佛，故用此文典。

三句寫兒病時光景，四句爲倒裝，義爲「爲兒塗顙，隔日猶殘朱痕」。「通宵火」、「隔日朱」，無心作對而工切。

五、六寫阿昇亡後親友的反應，以此見出自己的心境。末二句荒山孤樹，心折涕下，足盡哀情矣。

後村詩，情不激切而自在焉。

46. 眞德秀——送眞舍人帥江西八首之三

舶客珠犀湊郡城，向來點浣幾名卿？
海神亦歎公清德，少見歸舟箇樣清。（卷二，頁92）

眞德秀一代名儒，亦有事功，以八詩讚之，不爲多也。本詩只就一個角度詠眞：清廉。此詩作於嘉定六年以後，時德秀出爲秘閣修撰江東轉運副使。

首句寫一般官僚之排場，次句直諷其事。三四一轉，以對比方式讚頌眞公之清德，而借海神之口發言：少見官員歸舟如此之輕：珠犀莫有，清明藹然。

一詩可以察一人。「之八」自抒：「昨朝出郭遲公至，廢了窗間數葉書。」亦灑落可喜。

47. 戲孫季蕃

少日逢春一味癡，輕鞭小袖趁芳時。
常過茶邸租船出，或在禪林借枕欹。
名妓難呼多占定，好花易落況開遲。
身今憔悴投空谷，悔不當年秉燭嬉。（卷二，頁98）

孫季蕃，名惟信，始婚於婺州，去家遊四方，留蘇、杭最久，自號花翁，名重江浙，公卿間聞名倒屣相迎，與趙紫芝、趙仲白、曾景建諸人遊。

此詩首句七字，字字說透，而凝於一「癡」。次句以輕鞭小袖（便服也）為季蕃立像。三、四實寫：茶、船、禪。五、六句似實寫又似揶揄，五句俗，六句雅。末二句似是後村自抒自悔，以與季蕃對比。此詩似戲非戲，實乃羨慕之辭。

48. 宿囊山，懷洪、岳二上人

憶在山中識二僧，一亡一已拂衣行。
壁間笠徙名藍掛，寺外松過壽塔生。
隴月定知今夕恨，澗泉猶咽舊時聲。
隔房傳者多新剃，不似閑人卻有情。（卷二，頁99）

按：囊山在興化府莆田縣。洪上人為山中辟支巖之長老。

此詩空靈，有如一幅抽象畫。

首二句交代人物明白。三、四句寫今之寺景及亡者之塔。笠徙、松過，淡若無痕。五、六句借隴月、澗泉寄託相憶之情，一恨一聲，具體抽象兼得。末二句以新僧比舊友，友情端的可貴！

另一首〈訪辟支巖絕頂二僧，值雨〉亦寫此二僧：「僧稱功行幾如佛，樵說神通復近仙。食少僅炊盈握米，身寒不掛半銖綿。」四句四意：僧功、神通、少食、少衣，形象如畫。二句「無跡」，八句「惘

然」，足成一罕見僧詩。

49. 送王實之赴長沙幕

> 賈傅遺蹤在，君於此泛蓮。不應卑濕地，猶著廣寒仙。
> 策好人爭誦，名高士責全。衡山余所管，擬結草鞋緣。
>
> （卷二，頁 101）

王實之，即王邁，興化軍仙遊縣人，嘉泰貢於鄉，嘉定丁丑擢甲科第四人，爲潭州觀察推官，《宋史》卷 423 有傳。

時後村與他同在長沙幕府，實之晚至。故末二句有「衡山余所管……」之戲言。

首二句重頌實之。蓮花爲高潔之花，周敦頤曾有〈愛蓮說〉頌之以出汙泥而不染，故泛蓮花池亦爲高雅之象徵也。

三句四句再頌之爲廣寒宮仙人。以長沙「卑濕地」反襯之。五、六句實敘：策好、名高，五句平，六句平而奇。

全詩清清爽爽，但佩慕之情宛然如見。

50. 哭豐宅之吏部二首之二

> 康時才業未全伸，晚建油幢白髮新。
> 畚土爲城塵滿面，握拳猶戰膽通身。
> 一生偏任公家怨，四海皆知後事貧。
> 多少貴交方厚祿，恤孤弔幕屬何人？（卷二，頁 102）

豐宅之，名有俊，四明鄞縣（今浙江省寧波市）人。爲官勤政愛民，作戰亦勇武。

此詩先說他才大而未展，仕途不甚順利。築城、作戰，皆用心用力。四句已盡其一生。五句補出任勞任怨一義，六句言其兩袖清風。七、八句感慨人皆厚祿君獨無，身後蕭條，何人恤孤，似有自任其事之意。

另一首「舊戍交鋒淮水赤，新墳埋劍越山蒼」，更將宅之的志業氣概寫照得淋漓盡致。

此詩中四句輕重悉當，三、四句氣足，五、六句則悠緩。

51. 挽林進士

一門皆擢第，君獨老儒冠。試卷年年納，經書日日看。
文為前輩賞，命合主司難。遙想泉台恨：銘旌未寫官。

（卷二，頁104）

按：此林先生名諱不詳，「進士」之稱，蓋謂此君雖入里選，然無緣
　　登第，故終生以進士稱之。

　　首二句互相對觀，而此君不遇之一生已了然可見。三、四句用了
一對疊字詞，簡明而有力，亦是對比映襯之法。五、六句更說得清楚，
六句其實是「文合主司難」，一則避重複，一則此事關乎命運，故如
此說。末二句實寫作結，稍欠含蓄。

　　此詩實為古今懷才不遇之士作一總述，中二十字尤強烈。

52. 友人病瘡

自檢方書坐一床，教尋蒿白采蒲黃。
畫眉連日疏妝閣，鍊氣通宵住道房。
倦聽瀑聲驚睡醒，獨拈詩卷遣心涼。
猶勝華髮從軍客，歸臥茅簷養戰瘡。（卷二，頁115）

按：全集卷148〈方武成墓志銘〉：「嘉定壬午冬，莆田寶謨方公卒，
　　配葉、母林不幸繼卒。明年，君自官下來奔喪，盛暑營三窆，
　　距家可三十里。余一日裹飯往勞役夫，見君苦痁疥，呻吟原
　　頭。……君猶有力封壙而返，疾遂不瘳，以八月朔卒。」此友
　　人應即方武成。然武成卒於嘉定十六年，此詩作於十三年，蓋
　　前後得病甚久。

　　此詩前二句寫得灑灑落落，在方書、蔬菜（藥物）之間，方氏友
人之生涯在焉。畫眉為妻而疏妝，鍊氣療疾而近道，是最佳補充。五
句聽瀑、六句拈詩，或驚醒，或遣心，自是達人心境。末二句泛說而
通達。

此詩奇在友人之病瘡守喪，題材特殊，造境亦不弱。

53. 邵雍與周敦頤——先儒

先儒緒業有師承，非謂聞風便服膺。
康節《易》傳於隱者，濂溪學得自高僧。
眾宗虛譽相賢聖，獨守還編當友朋。
門掩荒村人掃跡，空鈔小字對孤燈。（卷二，頁117）

按：邵雍（康節）、周敦頤（濂溪）二人，俱為一代名儒，邵為理
　　學創始人，邵則特立獨行，二人俱有光風霽月之姿，並精《易
　　學》。

　　此詩並詠二人，似引為古今儒者之典範。首二句謂儒家各有師
承，但不肯捕風捉影，亦不一味迷信權威，概以真理為準。三、四句
簡述二子學問，卻強調敦頤曾受教于高僧。五、六句說真儒不重虛譽，
亦不齒互相標榜，但以著述為友于。末二句說儒家學者之甘於寂寞，
孤燈求學，十分生動感人。在「師承」與「孤燈」之間，真儒者之形
象了然可觀。

54. 問友人病

病來清瘦欲通仙，深炷香篝掃地眠。
野客勸尋廉藥買，外人偷得近詩傳。
術庸難靠醫求效，俗陋多依鬼乞憐。
鷗鷺如期行跡少，分明溪上占漁船。（卷二，頁119）

此詩中之友人是誰固不可考知，但全詩把一位雅士病患的形象描繪得
很親切。

　　首句清瘦如仙，已透露此人氣質人品，次句寫他養病的氛圍。三、
四句說有人薦草藥，又告訴讀者此人是詩人。五、六句感慨庸醫無用，
並譏俗人生病求鬼助。末二句以鷗鷺為伴，結得灑落。末句亦意象清
新：「占」字尤妙入毫釐。

　　出入雅俗之間，一病友如畫。

55. 贈翁定

相逢乍似生朋友，坐久方驚隔闊餘。

徧問諸郎皆冠帶，自言別業可樵漁。

住鄰秦系曾居里，老讀文公所著書。

十七年間如電瞥，君鬚我鬢兩蕭疏。（卷二，頁121）

翁定，《宋詩紀事》卷64：「翁定字應叟，建安人，有《瓜圃集》。劉後村跋：『應叟尤工律詩，送人去國之章，有山人處士疏直之氣，傷時聞驚之作，有忠臣孝子微婉之義，感知懷友之什，有俠客節士死生不相背負之意。』」足見後村欣賞之甚。

首句謂重逢似見新友，次句始驚悟乃舊交，此十四字到第七句更得一呼應：蓋已十七年不見矣。二句彷彿對仗，而非有意為之，乃佳好之流水對。

三句寫翁定的公子們已成立，四句記翁定之居處生活，「冠帶」、「樵漁」皆可視作當句對；然「諸郎」、「別業」亦對得瀟灑。

五、六句均用唐人典：秦系為會稽人，客泉州南安九日山，結廬其上，年八十餘卒，《新唐書‧隱逸傳》有其傳。文公指韓愈。上句實寫其人事往跡，下句實記其讀書情形。

末二句敘舊，感慨歲月之易逝，青春之不繼。

全詩交代清楚，優游有餘。翁定其人如見。

56. 送孫季蕃

家在吳中處處移，的於何地結茅茨？

囊空不肯投箋乞，程遠多應稅馬騎。

短劍易錢平近債，長瓶傾酒話餘悲。

衡山老祝淒涼甚，明日無人共講詩。（卷一，頁122）

季蕃前已見，是一位志潔家貧的詩友。

前二句寫四處漂泊的窘態：一茨難求。三、四句寫他的操守和尊嚴，但傲不掩貧；借人馬騎，何等窘迫！五句繼之，賣劍償債，略如秦瓊之賣馬。六句是在酒側友前抒悲情。上「平」下「傾」，似不相

關，其實遙相對應。

　　自稱衡山老祝，是因後村時有祠官之職。一別之後，知音難再，以「共講詩」作結，亦是「話餘悲」之餘音。

57. 月下聽孫季蕃吹笛

> 孫郎痛飲橫長笛，玉樹胸襟鐵石顏。
> 解噴清霜飛座上，能呼涼月出雲間。
> 病創凍馬嘶荒寒，失侶窮猿叫亂山。
> 可惜調高無聽者，紫髯白盡鬢毛斑。（卷二，頁123）

上詩平實寫照季蕃其人，此詩則專寫其笛音，兼象喻其人品遭際。

　　首句「痛飲橫長笛」：「痛」、「橫」俱醒目。二句繼之：玉樹胸襟何其灑逸，鐵石顏何等莊嚴！三、四句寫笛音，清霜噴座，涼月出雲，對仗得巧妙，比喻得高明。五、六句承之：凍馬嘶塞、窮猿叫山，何等淒涼苦澀！

　　末二句抒出同情之忱：調高和寡，紫髯化白！豪氣人以笛洩心，知音者徒呼奈何。此詩意境更勝前首一籌。

58. 哭毛易甫

> 至尊殿上主文衡，誰料台中有異評？
> 垂二十年猶入幕，後三四榜盡登瀛。
> 白頭親痛終天訣，丹穴雛方隔歲生。
> 第比諸儒無愧色，自緣命不到公卿。（卷二，頁122）

按：毛易甫，為後村居江淮制幕時所交友。真德秀、留元剛俱以宏博應選，時李大異校其卷，於真之卷首批：「宏而不博。」於留卷首批：「博而不宏。」然因真有善相之妻父，力薦之，二人俱置異等。是歲毛自知（字易甫）為進士第一人，對策中論及其事，有不同見解，竟被駁置五甲，敕授監當。

　　前二句即說此事，有為易甫不平之意。三句繼之，二十年為下僚，豈非因此故？後之俊彥，較毛幸運，袁蒙齋其一也。「盡」字不免誇

張，然用以對「猶」，自是有力。五句言其早逝，白髮人送黑髮人；六句言子方幼，二句對仗得似生似好。末二句總述才高命舛。

　　八句一貫，斯人得蓋棺論定矣。

59. 題方武成詩草

　　　性僻愛詩如至寶，借君詩卷百迴看。
　　　吟來體犯諸家少，改定人移一字難。
　　　束瀑爲題猶夭矯，呑山入句尚蒼寒。
　　　嗟余老鈍資磨琢，安得同爰語夜闌？（卷二，頁 124）

方武成已見。此詩專寫方氏之詩。首二句開場白，透示方君詩佳，故百看不厭。三、四句說他獨創、精鍊。五、六句實寫方氏詩的內涵：瀑詩夭矯生動，山詩蒼寒沁人，舉一可以反三。末二句一自謙，一表仰慕之忱。

　　此詩規行矩步，二、四、二，起承轉合俱全。

60. 挽柯東海

　　　不持寸鐵霸斯文，疇昔曾將膽許君。
　　　撰出騷詞奴宋玉，寫成帖字婢羊欣。
　　　喪無歸費人爭賻，詩有高名虜亦聞。
　　　昨覽埋銘增感愴，累累舊友去爲墳。（卷二，頁 125～126）

按：乾隆《福建通志》卷五一：「柯夢得字東海，莆田人，以善《楚辭》爲其鄉名輩方信孺所知。」弘治《八閩通志》卷七二：「柯夢得……嘉定中屢上春官不第，以特科入官。一生苦吟，古詩學孟東野，有《抱甕集》十五卷。」

　　又：陳鵠《耆舊續聞》卷三：「評者謂羊欣書如婢作夫人，舉止羞澀，不堪位置。而世言米芾喜效其體，蓋米法敧側，頗協不堪位置之意。聞薛紹彭嘗戲米曰：『公效羊欣，而評者以婢比欣，公豈俗所謂重儓者耶？』」四句即用此典。

　　首二句重譽東海：不持寸鐵者，不恃官位權勢也，霸斯文者，主

盟文壇也。有膽有識，蓋其人乎！

　　三句稱其楚辭作品，四句讚其書法，巧在「奴」、「婢」成對，不嫌前句誇張溢美。

　　五句寫其貧而多友，六句說他詩譽滿天下。末二句借題發揮，嘆故人多凋零。

　　讚佩者六，懷思者二。

61. 哭常權

　　　　曾佐下風山縣裏，長官貴重若神明。
　　　　行香塋寺徐方至，白事琴堂久始迎。
　　　　遠遞無書悲契闊，老襟有淚愴生平。
　　　　郎君如玉聞先夭，誰護丹旌問去程？（卷二，頁 128）

常權，嘉定初爲靖安縣令，時後村爲其主簿。

　　首句自述身分，次句直誇常權貴重若神。此一讚譽本身，亦十分貴重。

　　三、四句謂常氏行動雍容。六、七句寫二人交誼不減當年。末二句憾常氏無嗣送終。

　　二句、三句、四句爲全詩核心，其他五句乃其恰當之輔翼。

62. 哭方主簿汲

　　　　鶉衣不似擁千金，用破燈窗一世心。
　　　　太學空聞能賦久，春官未察讀書深。
　　　　柴車巾出身猶健，槐簡拈歸病已侵。
　　　　寂寞殯宮來客少，故人野外獨沾巾。（卷二，頁 130）

方主簿汲，莆田人，方涓從弟，順昌縣主簿，嘉定七年試特奏名，未中正榜。

　　首二句寫其貌貧而實未必貧，又詠其用功。三句、四句補足二句，能賦、好讀。五、六句記他身體素健康，忽然成疾，令人意外。末二句寫他身後蕭條，亦暗寓世態炎涼之旨。

全詩有「鶉衣」、「燈窗」、「賦」、「書」、「柴車」、「槐簡」、「殯宮」、「沾襟」等意象，故寫來不覺空泛。

後村對懷才不遇之士，素多關懷，此亦一例。

63. 秋夜有懷傅至叔太博父子

憶昔游君父子間，高才窮力莫追攀。

讀書眾壑歸滄海，下筆微雲起太山。

幼嗣尚存宗武在，遺文難附所忠還。

荒丘衰草埋雙璧，兀坐空齋涕自潸。（卷二，頁 134）

按：弘治《八閩通志》卷七一：「傅誠字至叔，仙遊人，淇之從孫。嘗從朱文公遊。淳熙中登第。……嘉定初除國子博士，遷太常博士，輪對，深憂國勢不振，力勸寧宗奮起治功，言甚鯁切。一日登對，忽卒於殿下。」

此詩前二句述他與傅氏父子之交遊，及二人之高才難得。三、四句一讚書卷之富，一誇筆下之佳妙，一以海喻，一用山比。五句用杜甫幼子典，六句用司馬相如病重、武帝遣所忠往取遺書典。前者是正用，後者是反用。

末二句哀悼父子，以對璧為喻。

三喻二典，在同類詩作中乃用喻較多者，亦皆適切。

64. 哭張玉父

華髮客朱門，文高道又尊。十方窮不屈，一片氣長存。

籬掩湖邊宅，墳依郭外村。二孤彈舊鋏，泣感孟嘗恩。

（卷二，頁 140～141）

張玉父，莆田人，曾與後村等同遊廣西桂林一帶。

首二句十字說盡其人生平：長久遊於官宦之家，文高明，道尊崇。三句說他貧賤不能移之節操，四句補足，謂他浩氣長存。五、六兩句寫他的生活起居之環境及身後墳塋之所在。末二句謂二位孤兒繼紹父

德，尚知感父親舊主之恩。

全詩四十字，兼及其才、其德、其生平大概及家人，已是一篇生動小傳。

65. 友人病痁

昔聞詩可驅痁病，今日詩人疾自嬰。
勢似邊兵塵未解，根同野草剗還生。
能蠲熱障惟山色，解洗煩襟只澗聲。
溪友祝君如虎健，督僧栽種課奴耕。（卷二，頁 141）

此友人為方信孺之子左鉞。痁，瘧疾，古人無特效藥物可治瘧。故有誦杜詩可治瘧之說。

首二句既莊又謔，充滿無可奈何之思。三、四句用二喻甚巧：勢如邊兵，根同野草，謂根治不易之頑疾也。

五、六句謂欲治此病，只能靠大自然之山水色聲幫忙。

末二句祝福語，一喻平常，但以督僧栽樹及促奴耕作為結，卻自有雅致。

卷 三

66. 懷保寧聰老

秣陵一見歎魁梧，每恨斯人不業儒。

幾度劇談俱抵掌，有時大醉勸留鬚。

探梅尚憶陪山屐，煨芋何因供他爐。

我已休官師退院，肯來林下築庵無？（卷三，頁163）

聰老已見前，保寧寺在南京城內飲虹橋南保寧坊內，吳大帝孫權時初建。

此詩首句不曰建康而曰秣陵，更添幾分風致，而且略可與「魁梧」對峙，二句平實，卻寓不少思致。儒乎佛乎，其實對一高人來說，並不那麼重要，否則劉儒聰僧，何以契合如此？

三句生動，四句惹人一粲。劇談、大醉，二人形貌如見。

五句雅，六句奧，《高士傳·懶殘》：「（李）泌在衡嶽，有僧明瓚，號懶殘，泌察其非凡人也，中夜前往謁焉。懶殘命坐，發火煨芋以啗之，曰：『勿多言，領取十年宰相。』」此處只用一半。「梅」「芋」相對，亦云妙矣。

末二句勸聰老來結庵爲鄰，情意十足。

67. 哭五一弟先輩之一

未冠辭家出，麻衣不肯回。瘠因身久客，貧爲性疏財。

精力書中去，科名病裏來。空傳場屋義，留與鋪家開。

（卷三，頁 164）

五一弟，爲後村族弟，此詩作於嘉定十四年，時後村三十五歲，五一弟疑當爲希道，從父起世之子，嘉定十三年進士。

首二句說希道身世，早出，中舉仍不肯回鄉。

三句說身瘦，四句記家貧，本屬尋常事情，但添加了兩個造因，便別有風致了：久客、疏財，都是浪漫的事。五六句平實，但「書中去」「病裏來」仍對得工切。

末二句似謂其中式之試卷已傳誦一時。

另一首有「自小即相依，天涯影伴飛。共燈抄細字，分俸贖寒衣。」諸語，補述二人不凡的情誼，後二句尤爲動人。末二句寫幼女哭聲稀，加一「斷續」而更鮮明。

68. 顏淵與閔子騫 —— 自昔

自昔英豪忌苟同，此身易盡學難窮。

習爲聯絕眞唐體，講到玄虛有晉風。

蝗子盡云參妙喜，乞兒自許識荊公。

安知斯世無顏閔？到死浮沉里巷中！（卷三，頁 178）

此詩乍看只是泛詠，然後村對顏淵、閔子騫二先賢的仰慕，了然可見。

首句義長，次句助之。三句四句舉例，上學詩，下習玄。五句六句諷世人趨炎附勢，或動輒訴諸權威。上句用佛界典故：雁山能仁元禪師參妙喜和尚於海上洋嶼庵，風骨清癯，危坐終日，妙喜目爲元枯木。下句出米芾《書史》：「楊凝式字景度，書天眞爛熳縱逸。……王安石少嘗學之，人不知也。元豐六年，余始識荊公於鍾山，語及此，公大賞歎曰：『無人知之。』」二句皆反用其典。

末二句正面表揚顏閔，有才學而沈浮里巷，不求聞達，獨立特行，學無止境。至此，前四、中二，盡爲顏、閔作嫁衣裳矣。

卷　三

69. 眞母吳氏挽詞之一

> 系出自華宗，來嬪隱約中。貧能安芳節，貴愈積陰功。
> 立志如歐母，生兒似富公。如聞新窆處，神告在溪東。

（卷三，頁 180）

眞母吳氏，即眞德秀之母夫人。前二句交代她系出名門，然婚姻低調，蓋當時眞父非貴顯人也。三句紹之，謂家貧能安，四句一轉，貴顯而能行善積德。下一首五、六句「割股延姑壽，抽簪活眾饑」，一孝一慈，可爲有力旁證。

五、六句巧用北宋二名人之典，歐陽修母尤有賢名，以彼方此，誰曰不宜！亦以此留德秀一餘地。末二句交代墳地，但「溪東」隱接「隱約」，亦好。

70. 王衍——詠史

> 虜入中原力不支，洛陽名勝浪相推。
> 可憐揮塵人如璧，半夜推牆尚未知。（卷三，頁 185）

按：《晉書·石勒載記》：「先是，東海王越率洛陽之眾二十餘萬討勒，越薨於軍，眾推太尉王衍爲主，率眾東下。勒輕騎追及之，……衍軍大潰。……於是執衍及襄陽王範……等，……死者甚眾。勒重衍清辯，奇範神氣，不能加之兵刃，夜使人排牆填殺之。」

此詩直詠王衍善談玄，而臨敵不武，被俘身死，句句質實，但巧妙的文字運作仍使二十八字可當一篇小傳。

首句「力不支」已說得明明白白，次句「浪相推」更是一字不可易；虜與名勝相對，令人不勝欷歔。

末二句感慨尤深：人如玉，玄不勝，半夜推牆活埋，死得不明不白！如玉之人埋土，情何以堪！

一部東晉歷史，在此詩中可以窺見一半矣。「浪相推」，夜排牆，前後映照，能不興慨？

－41－

71. 沈約——詠史之二

> 保惜金甌未必非，臺城至竟亦灰飛。
> 隱侯老任梁朝事，卻爲閑情減帶圍。（卷三，頁186）

臺城在建康，本吳後苑城，晉成帝成新宮，名建康宮，即今臺城，時蘇峻作亂，曾焚燒宮殿。

前二句說東晉時時事，謂國事正蜩螗也。以此對比文人如沈約者流的生涯：《梁書・沈約傳》載約與徐勉書：「形骸力用不相綜，攝常須過自束持，方可俛偐。解衣一臥，支體不復相關，上熱下冷，日增日篤。⋯⋯百日數旬，革帶常應移孔。⋯⋯」約是否爲「閑情」而減其帶圍，殊不可考。何況一晉一梁，時近而不同，以此諷約，似亦太苛。但由此可看出後村對徒知舞文弄墨者的不屑。灰飛、減圍，遙遙相峙。

72. 韓曾一首

> 道散斯文體尚浮，韓曾力與化工侔。
> 山瞻泰華嚴嚴聳，河出崑崙混混流。
> 長慶從官削不得，熙寧丞相挽難留。
> 滄州奏疏潮州表，猶被人拈作話頭。（卷三，頁187）

此詩直讚韓愈、曾鞏二家。唐代取退之爲範，世所同然，人無間言；宋代而不取歐蘇，乃以子固爲代表，則可見到後村之獨特眼光。

首句道散體浮，引出二句力與化工侔，此可比媲韓愈之頌揚李杜。三、四句以山高水深喻二人文章之高明浩蕩。五句寫韓之不朽，六句說曾之自主。七句再說曾鞏滄州由帝召見，留判三班院，上疏議經費事，配合韓愈〈到潮州表〉，以見二人之忠鯁，妙在末句卻說「被人拈作話頭」，且用拗澀句法。

一首寫二人，功效不減。

73. 哭趙紫芝

> 奪到斯人處，詞林亦可悲。世間空有字，天下便無詩。
> 盡出香分妓，惟留硯付兒。傷心湖上冢，誰葬復誰碑？

（卷三，頁 195）

首二句石破天驚，頗有問天之概。三、四句繼之，以天下無詩、徒有文字，寫天喪詩人之哀，神韻十足。

分妓是俗中之雅，付兒是雅中之慈。末二句只是餘波。趙紫芝乃四靈詩人中之冠冕，宕逸之士，風流遺澤，因此詩而更能揚播。

74. 哭周晉仙

君在詩人裏，功夫用最深。古如神禹鑄，清似鬼仙吟。

死定無高冢，生惟有破衾。長安酒樓上，猶記昔相尋。

（卷三，頁 196）

此詩分三部分：首四句，寫周文璞之詩，此人乃陽穀人，著有《方泉先生集》。

用功深只是一句泛泛的讚語；古如禹鑄之鼎，清如鬼仙之吟，便不同凡響了。莫非晉仙之詩，在孟郊、李賀之間？

第二部分兩句，寫晉仙之清苦，無功名，無財勢，故生惟破衾，死無高冢，讀之令人鼻酸。

末一部分，乃懷念二人往日交情。

神禹之鼎、鬼仙之吟，下貫至長安酒樓，迤迤邐邐，令人神爲之遠。

75. 中嶼先塋

昔遇重華席屨前，因排貴近去翩然。

叩墀袖有〈馳毬疏〉，易簀囊無沐櫛錢。

當日傳家惟諫草，至今贍族賴祠田。

原頭宰木蒼如此，才見山庵葺數椽。（卷三，頁 197）

中嶼先塋，指後村祖父劉夙墓。按葉適《水心集》記劉夙兄弟云：「隆興、乾道中，天下稱莆之賢曰二劉公，著作諱夙，字賓之，弟正字諱朔，字復之。……方孝宗始初求治，召二公置館閣，犯而不欺，難進易退，國人貴焉。」其墓在壽溪之上。

　　首二句述祖父昔日曾受宋孝宗之知遇，譽孝宗爲大舜。「席屢前」用李義山〈賈生〉詩「可憐夜半虛前席」之文典。次句實寫：因諫斥權貴而翩然去朝。三句說劉夙因論諫宮中設射馳毬及曾覿、龍大淵弄權而去職事，乃繼二句而發。四句直寫其清貧。〈馳毬疏〉與「沐椰錢」對得巧，且沁人心脾。

　　五句接三句，〈馳毬疏〉擴大爲諫草，「惟」字亦暗示其清。六句則言以僅有之財產置爲祠田，可以造福族人，遺愛猶在人間。其才其德其操守，已盡表於此。

　　末二句是餘波，亦是補述。墳頭蒼樹，山邊庵宅，高士風範居然可見。

　　摛寫祖父風姿，正面、側面俱好俱洽。

76. 夢豐宅之之一

　　一別茫茫隔九京，夢中慷慨語如生。
　　老猶奮筆排和議，病尚登陴募救兵。
　　天奪偉人關氣數，時無好漢共功名。
　　殘胡仍在王師老，寶劍雖埋憤未平。（卷三，頁 199）

豐宅之已見前。

　　前句茫茫隔九京，次句夢中慷慨，互相對比，「語如生」更增力道。

　　三句說豐氏之愛國反和談，主張和金兵戰鬥到底，四句更進一步，把他的理想付諸實踐：登陴募兵。他的這兩個動作可以概括他的大半生。

　　五句蓋棺論定：偉人，六句以時無英雄反襯之。

　　七句感慨金兵猶在，王師已老。八句寶劍已埋，憤猶未平，所謂寶劍，即喻宅之本人。

　　一生坦坦蕩蕩，壯志未酬。「之二」有「向來天子眞知己，近世門生多負心」，前句爲他歡喜，後句替他惋惜，而後村自己，終爲他

「獨揮衰涕」。

77. 揚雄——漢儒

> 執戟浮沉亦未迂，無端著頌美新都。
>
> 白頭所得能多少？枉被人書莽大夫。（卷三，頁200）

羅大經《鶴林玉露》丙編卷六：「司馬溫公、王荊公、曾南豐最推尊揚雄，以爲不在孟軻下。朱文公作《通鑑綱目》，乃始正其附於王莽之罪。書『莽大夫揚雄卒』。莽之行如狗彘，三尺童子知惡之，雄肯附之乎？〈劇秦美新〉不過言孫以免禍耳。然既受其爵祿，則是甘爲之臣僕矣，獨得辭莽大夫之名乎？文公此筆，與春秋爭光，麟當再出也。」貶雄甚著。

後村此詩，亦是根據朱熹之言立論。執戟浮沉可以原恕，〈劇秦美新賦〉不可諒解，「無端」二字，說得清清楚楚。三句「白頭所得」，亦是春秋之筆；四句繼之，「枉被人」三字留下多少遺憾！詩人嚴而復婉，此爲一顯例。

78. 司馬相如——漢儒之二

> 賣賦長安偶遇知，後車歸載遠山眉。
>
> 可憐犬子眞窮相，不見劉郎過沛時。

此詩詠司馬相如受知於漢武帝和李夫人，夫人百斤黃金買得〈長門賦〉以討回皇帝歡心，使相如名望更盛。二句最爲風雅，不說歸載黃金，卻說載回遠山的眉目嫵媚——實謂天下春色也，暗扣春風得意之旨。

但三句一轉，說他畢竟是犬子，是一時小小暴富，與劉邦成天子後衣錦還鄉相比，豈止小巫見大巫也。

此詩造境甚奇，足見後村胸中自有一股傲氣。

79. 哭吳杞

> 七十未陞舍，目深雙鬢殘。病中依佛寺，死處近嚴灘。
>
> 俗薄揮金少，家貧返骨難。遺言令火葬，聞者鼻皆酸。

（卷三，頁 201～202）

吳杞，老太學生，七十猶未得功名，目已深陷，雙鬢白而衰零。病依佛寺，死近嚴灘，暗示他信佛及節操可比漢之嚴光。五、六兩句嘆他身後蕭條，助賻者稀。末二句述其遺願，古人不慣火葬，似為不得已之舉，故引人歔歐。

此詩平平寫實，卻亦流走自如。

卷　四

80. 哭黃直卿寺丞之一

久在文公几杖旁，暮年所得最精詳。

食甘香火辭符竹，病整衣冠坐簀床。

壯士軍中悲亮死，先生地下惜回亡。

法雲破寺三間屋，卻有門人遠赴喪。（卷四，頁213）

黃直卿名榦，爲朱熹大弟子之一，福州閩縣人，又爲熹之女婿，曾監臺州酒務，又知安慶府，金人破黃州諸城，淮水東西皆震動，獨安慶安堵如故，繼而大雨成災，城屹然無虞。後遭忌，預言光、黃、蘄將失，果然。力辭官，再命知安慶，不就，召赴行在，除大理丞不拜，爲御史所劾，命知潮州，辭不行，踰月遂乞致仕。

本詩首二句說他的學術淵源及成就；三、四句寫他的事功及病況；五句補事功，比之於諸葛亮，六句暗喻以顏回，「先生」指朱子。末二句記其身後哀榮，一抑一揚。

另一首回憶他和直卿在江淮幕府時的友誼：「當年出塞共臨戎，箭滿行營戍火紅，⋯⋯莫怪些詞含哽噎，在時曾賞小詩工。」末句應指黃榦欣賞後村詩。

81. 哀江帥張常之一

關破疊何堅？傷心援不前。生居諸將下，死在眾人先。

愤極拳雙握，創多體少全。豈無人策應？擁蠹坐江邊。

（卷四，頁 223）

按：張常死節事，諸史無記載。但此詩中已說得明明白白。

此詩結構甚爲奇特：首二句與末二句同一意思，而句法略異。「援不前」即「坐江邊」，但一說傷心，一說擁蠹，遙相呼應，遙相對照。

三、四兩句樸直而警悚。天下多少英雄遭逢如此命運！連大將李廣亦不外如是。五、六句形象化，握拳、傷多。「體少全」更能彰顯江帥之勇、之忠。七句應首句，留下多少感慨！

另一首補出「國難忠方見，天高事未聞。」一義，又補上「九江殘部曲，暗哭故將軍。」乃完足了這一壯烈的故事。讀之令人欷歔不已。

82. 送沈偁

建學多通顯，何爲尚布衣？不聞行聘久，始悟設科非。

落日君尋店，深山我掩扉。幾時殘燭下，重聽講精微？

（卷四，頁 224）

沈偁爲朱子門人，字杜仲，永嘉人，又作沈莊仲。沈氏爲朱子優秀門生，但不得如同門弟子那麼通顯，到底是自己淡泊不仕，還是不遇？詩中意似偏向後者。三、四兩句爲他不平，批評科舉之不公。五句最妙，落日時尋店宿，豈非仕途迷茫之象徵？六句之我掩扉，亦爲愛莫能助之比喻。末二句再強調沈氏學問之精微，又用「殘燭」之意象，豈非上應「落日」？

83. 寄泉僧眞濟

師邃於醫者，聞諸諫議然。若非禪性悟，必有脈書傳。

藥貴逢人施，方靈剋日痊。西風瓶錫冷，儻肯訪沉綿。

按：眞濟無考。但詩中明說他是一位難得的醫僧。

首句直白介紹他的專長，次句謂聞其說醫理醫術，如聞諫議。三、四句謂他因禪家不立文字，故未能寫醫書傳世，爲之惋惜。後村自己

不信佛，言外之意可知。五、六句正面勸他多施藥救人。末二句略表
此僧之清貧，仍勉勵勤訪重病之人。

全詩未描寫其人形貌，卻寫者醫者心，醫者術。

84. 孟浩然騎驢圖

　　　壞墨殘縑閱幾春？灞橋風味尚如眞。
　　　摩挲只可誇同社，裝飾應難奉貴人。
　　　舊向集中窺一面，今於畫裏識前身。
　　　世間老手惟工部，曾伏先生句句新。（卷四，頁240）

世傳王維畫孟浩然騎驢圖。杜範《清獻集‧王維畫孟浩然
騎驢圖》：「孟
浩然以詩稱於時，亦以詩見棄於其主。然策蹇東歸，風袂飄颺，使人
想慨嘉歎。一時之棄，適以重千古之稱也。」袁桷有〈金主畫孟浩然
騎驢圖〉詩三首，可見畫此圖者不止王維一人。

　　首二句寫出此畫風貌：殘縑壞墨，外形雖不佳，但浩然騎驢灞橋
之風姿則凜凜如生。三、四句又補述此畫之破舊，只可與同社詩人共
賞，不足以煩貴人之目。

　　五句說自己和襄陽之文字緣，六句說今日方觀詩人之眞相。末二
句借老杜之口以譽孟詩。

　　此詩四平八穩，但中四句仍虎虎有生氣，二句、七、八句亦不弱。

85. 跋方雲臺文藁二十韻

　　　文人何瑣碎？夫子獨雄尊。擊水移南海，追風出大宛。
　　　黑潭龍怒起，碧宇鶚孤騫。翕智波濤湧，須臾電電奔。
　　　筆鋒山突兀，墨瀋雨傾翻。軒豁青天露，凄迷白晝昏。
　　　至微該草樹，極大括乾坤。金鼓條侯壁，旌旗渭上屯。
　　　聚如群玉圃，散似建章門。覽岱親臨頂，窮河直至源。
　　　橄書傳絕漠，詩句落中原。猛虎堪鬐拏，修鯨可氣吞。
　　　寂寥時數語，浩蕩或千言。神與經營力，誰窺斧鑿痕？
　　　流行通象桂，模刻遍湘沅。欲揀皆逢寶，將芟不見繁。

　　居然開突奧，詎肯閟籬藩？坎井疑天大，溪流笑海渾。

　　不妨兒輩撼，姑付後人論。拙詠雖卑弱，因公儻並存。

方信孺自知眞州歸里後，主管華州雲台觀，故稱方雲台。其作品有《南海百詠》、《南冠萃稿》、《南轅拾稿》等。後村曾云：「公貫穿群書，爲文未嘗起草，初若不入思，細視皆平夷妥帖，無斧鑿痕。」

　　此詩寫人亦詠其詩文。首二句爲他佔盡身分：「獨雄尊」對「何瑣碎」，眞若有雲泥之別。三、四以擊水、追風爲喻，幾有《莊子‧逍遙遊》之氣韻。五、六龍起鶻騫，勢不可當。繼之以波湧電奔，山突兀、雨傾翻，青天露、白晝昏，一氣貫下，酣暢淋漓。

　　十三句說他詩之細微，十四句寫其詩之廣大，十五句以下，歷用周勃、唐太宗、周穆王典，又以漢武帝造建章宮千門萬戶爲喻，烘托氣勢。覽泰山，窮黃河，傳絕漠，返中原，四方八極，無所不至。

　　二十三句以下，又用偉大動物如虎、鯨爲譬以助陣。二十五、六句直述：數語、千言皆成佳什。二十七句說神力，二十八句講渾成。以下四句，謂其縱橫南方各地，繁而不冗。自成一家，他人不能窺其奧秘。末二句自謙兼譽方。

　　全詩滔滔滾滾，賦比興兼作，而後村之才華乃盡瀉於此矣。

86. 懷李敬子

　　此士今徐孺，柴扉肯妄開？空聞羔雁去，不見鳳麟來。

　　廬阜尋僧出，東湖赴講迴。何由操杖履？林下再相陪。

　　（卷四，頁256）

李燔，字敬子，南康建昌人，亦朱子門生，曾仕宦，史彌遠當國，廢皇子竑，燔以三綱所關，自是不復出。

　　此詩首先以漢儒徐穉（字孺子）比之，故自守終身，不開柴扉。三、四句喻寫其人爲麟鳳，難能可貴。五、六句實寫，廬山尋僧，東湖講學，理學家固多親佛也。末二句自寫友情，用企盼語氣。杖履與二句之柴扉，實可前後呼應。

卷　五

87. 送丁元晦知南海

不用急符催，先行要看梅。歲時親祭海，休沐必登臺。

鮑井聊供飲，韓碑待拭苔。遙知蠻俗喜，令尹帶琴來。

（卷五，頁 270）

丁伯桂，字元暉，莆田人。嘉泰中第進士，曾知南海縣。

此詩隱隱約約，不正面寫元暉，卻用了許多側筆，猶如一幅半抽象畫。看梅、祭海、登台、飲葛洪妻之「鮑姑井」，拭韓愈「南海神廟碑」，携琴上任，無一不是雅事，參差安排於八句中，一雅人之面目如見。

88. 黃蘗道中匣居者

種竹成林橘滿園，牛歸童子掩籬門。

主人雖不知名氏，想見孤高可與言。（卷五，頁 271）

上一首詩，主角尚有名姓，有身影，此詩則主人既未見身影，更不知其名姓。

只有一竹林，一橘園，一牛，一童子。一幅鄉居好圖畫。見者後村，便由此料定主人必是風雅高士，可與結交，可與清談，妙哉！詩人以無當有，莫甚於此矣。

89. 哭囊山覺初長老之二

雪峰寺裏曾相識，面皺顴高五十餘。
削髮入山參最久，白頭出世瘦如初。
覺心不共眞身壞，遺偈猶能戰手書。
何必塔銘并語錄？吾詩自可表幽墟。（卷五，頁 273～274）

按：覺初長老不可考，雪峰寺在福州侯官縣，與囊山俱已前見。

此詩首二句介紹師之背景及面貌，是正宗人物詩的作法。三、四句實寫他的參禪經歷，補述其清瘦之姿。五句直讚，六句補足。末二句顯示後村的自信，不必塔銘，吾詩已足令長老不朽。

前一首末二句「百年如此過，何異不曾生？」十分低調，賴有此詩「平反」。

90. 悼秦醫

最曉陰陽證，於身獨不靈。有妻持舊肆，無子學遺經。
虫蝕抄方篋，莎生曬藥庭。城中醫絕少，堪惜爾凋零。

（卷五，頁 280）

此詩寫一無名陝西醫生，在南方行醫，小城少醫，故堪珍惜，不幸早死。

首二句悼惜醫者能醫人而不能自醫，慨嘆命運之弄人，故特地度出「陰陽証」二字來。三句寫人亡肆在，妻子似乎尚可繼紹其業，令人爲之一寬慰，四句惜其無子以傳業。五、六句寫家常風味：虫蝕、莎生，畢竟仍是醫肆光景，憾中有喜。末二句平述。

由於中四句，此醫亦可謂死而不死矣。後村胸襟寬大，無所不容，無所不賞，無所不惜，此詩又爲一証。

91. 送楊休文

初驚字與隱侯同，徐讀文編始歎工。
似倩麻姑抓背癢，能令孟德愈頭風。
玄機固已超三昧，副本何因寫一通？
消得劉君詩送路，西歸未可歎囊空。（卷五，頁 281～282）

楊休文爲江西臨江軍閣皂山道士，後村曾一再爲他吟詩，如「同襟汗漫尋常客，掉鞅文章四十年。」

本詩最具本末。

前半即已說盡楊氏其人其詩文，以「初驚」說他的名字，以「徐讀」讚他的詩文，自然而有效果。三、四兩喻，更爲愜意：麻姑搔背，何等舒暢，華佗治曹操之頭風目眩，針灸尤有效，何等爽快！

五句讚其學道有得，三昧雖爲佛家語，移用於高德道士，亦何嘗不可！六句更添其風光。

末二句以自信自詡之姿（按在劉克莊詩中，這是比較少見的），要以此詩送休文，並使他不朽。

卷　六

92. 辰山道人

道人何爲者？寒暑一布衫。髮白具老態，口吶稀冗談。
我陪小隊來，猿鳥窺層嵐。道人方掩戶，燕坐彌陁龕。
迎客不下山，送客不出庵。即之疑槁木，面目寒巉巖。
贈錢漠然謝，有若投諸潭。微言歲計熟，收芋已滿籃。
斯人來識字，豈必曾徧參？所立偶自高，可儆佞與貪。

（卷六，頁367）

此詩頌一奇士。辰山，在桂林府臨桂縣。爲桂林諸山之冠。道人無考。

　　首二句描寫道人，一布衫盡其生涯。髮白、口吶，更添風味。「猿鳥窺層嵐」，寫景如畫，「窺」字爲詩眼，且暗寓「日與麋鹿遊」之旨意。不掩戶而燕坐（燕者安也），不將不迎，若槁木，若巉巖，即景擬人，前後呼應。

　　後半寫他的操守和行事風格，贈之以錢（布施也），則漠然以謝，若投入寒潭：謝是禮貌，漠然則見其淡於名利。但他並非不食人間烟火，故以滿籃之芋示客以豐收。「來識字」費解，莫非「未識字」之訛？不識字、不徧參，禪家本不立文字，有何不可？末二句更可證斯言：偶自樹立，可儆佞貪，柳下惠之徒歟？

　　一句接一句，處處密集，處處爽神。

93. 榕溪隱者

> 榕溪有隱者，幽事在溪曲。治地可十畝，方整如變局。
> 始行入荊扉，漸進至茅屋。樹之百盆蘭，繚以萬竿竹。
> 解衣憩素陰，擁鼻來微馥。主人聞客來，引避若駭鹿。
> 卻詢守舍兒，云已出賣墨。壁間見其像，絛褐巾一幅。
> 安知非回仙，寄跡混塵俗。矢詩慕高風，君歸儻肯讀。

（卷六，頁268）

榕溪亦在臨桂縣。此一隱者，恰好與前詩所詠之道人互相輝映。

　　首二句介紹其生活背景。三、四句繼之，格外清晰。五、六句發揮棋局之喻。七、八句細寫植物：蘭、竹，二者皆清芳高貴。九、十句發揮上二句之境趣。

　　後半一轉：主人避客，令讀者一愕，而「若駭鹿」之妙喻，又使人忍俊不住。「出賣墨」，亦雅事也，可上配蘭竹之植。褐巾一幅，即其形象矣。疑之為仙，亦非空穴來風，因此末二句後村格外謙虛。

　　上詩寫有，此詩寫無，無中之有乃妙。

94. 哭裘元量司直

> 築室西山下，孤標未易親。長閒如野鶴，偶出似祥麟。
> 屬者陪髦士，嗟乎瘞玉人。北風吹老淚，空滴暮江濱。

（卷六，頁388）

全集卷101〈跋裘元量司直詩〉：「裘君字元量，繼來幕府，其標緻高勝，有顏氏之臞，龔生之潔。終於大理司直，竹齋是也。」按裘萬頃字元量，新建人，有孝行節操，學問粹然，一出於正，淳熙進士，所著有《竹齋詩集》，亦南宋一名家。

　　此詩先介紹其居處，又說明其孤高不群。三、四句以鶴、麟喻之，其灑落、其高貴，無以復加矣。五句抒交遊，六句悼亡。七、八句寫自己的感懷。

　　野鶴、祥麟、玉人，令人嚮往不已！此詩純寫其人，未及於詩，蓋他文已言其詩矣。

卷 七

95. 挽水心先生之二

　　所學如山海，吁嗟不一施。未聞訪箕子，但見誄宣尼。
　　空郡來陪哭，無人敢撰碑。紛紛門弟子，若箇解稱師？

　　　　（卷七，頁404）

按：葉適乃一代名儒，兼爲詩人。「之一」憾他「國人莫知我」，但「散
　　地雖無柄，名山儘有書」，故足「傳萬世」、「矯玄虛」，力崇其實
　　學濟世。

　　　本詩首句巧喻，水心當之無愧，二句嗟嘆未能大展長才。三、四
句或譏當世之人（含朝廷）在他生前不重視他，死後方知弔唁他。五、
六句尤悽惻：舉郡陪哭，無人撰碑——不是不願，乃是不敢：足見
其高不可攀，明不可測。末二句實寫，弟子雖多，誰爲知音？亦是足
成六句之意。

　　　得此二詩，水心可蓋棺矣。

96. 贈陳起

　　陳侯生長紛華地，卻以芸香自沐熏。
　　鍊句豈非林處士，鬻書莫是穆參軍？
　　雨簷兀坐忘春去，雪案清談至夜分。

何日我閒君閒肆，扁舟同泛北山雲？（卷七，頁 415）

陳起字宗之，錢塘人，開書肆於睦親坊，亦號陳道人。寶慶初，以詩禍爲史彌遠所黜。有《芸居乙稿》。他與江湖詩人皆友善，刊《江湖集》以售，後村詩亦在其中。此詩乃作於《南嶽詩稿》交付陳起刊刻之時。

　　前句寫他的出身背景：富家子也。芸香自沐，謂以詩爲生涯，暗指《芸居乙稿》。下以二喻爲他定位：林逋在前，穆修在後，正足烘托他的身分地位。五、六句寫二人交情，回憶往事。七、八句寄望將來共隱共遊，切題而抒也。「同泛北山雲」爲結，尤好。

97. 贈翁卷

　　　非止擅唐風，尤於〈選〉體工。有時千載事，只在一聯中。
　　　世自輕前輩，天猶活此翁。江湖不相見，才見又西東。

翁卷字續古，一字靈舒，永嘉人，有《西巖集》（《四庫全書》一卷本）、《葦碧軒集》，爲四靈派詩人中數一數二者。

　　翁詩如「千年流不盡，六月地長寒」（〈瀑布〉）夙爲人所稱。又如「分明上天意，磨折苦吟人。」（〈哭徐山民〉）亦開口見心，爲千古詩人作証。

　　此詩首十字即可爲翁卷定評。三、四兩句譽之尤深，前舉二聯，或可當之。五句說世人輕前輩詩人，六句言其長壽。七、八句寫二人交誼。

　　此詩重心在前四句，二十字可當一篇論文。

98. 關仝驟雨圖

　　　四山昏昏如潑墨，行人對面不相覿。
　　　淒乎太陰布肅殺，闇然混沌未開闢。
　　　千丈拏空蟄龍起，一聲破柱春雷疾。
　　　我疑人間皰子決，或是天上銀河溢。
　　　異哉烟霏變態中，山川墟市明歷歷。
　　　茅寮竹寺互掩映，疎春殘磬渺愁寂。

　　　　叟提魚出寒裂面，童叱牛歸泥沒膝。
　　　　羊腸峻坂去天尺，驢飢僕瘦行安適？
　　　　林僧卸笠窅迴步，海商拋矴憂形色。
　　　　縱覽鯤鵬信奇偉，戲看鳧雁亦蕭瑟。
　　　　乃知畫妙與天通，模寫萬殊由寸筆。
　　　　大而海嶽既盡包，細如針粟皆可識。
　　　　向來關生何似人，想見邱壑橫胸臆。
　　　嗚呼使移此手爲文章，豈不擅場稱巨擘。（卷七，頁424）
此詩寫畫不寫人本身，但多有讚語，亦屬廣義的人物詩。

　　　全詩用了七個比喻：潑墨、蟄龍、春雷、匏子、銀河、針粟、丘
壑，又有混沌、鯤鵬，可視作用典。皆有很好的效果。關仝乃唐代長
安人，畫山水師荊浩，晚年青出於藍，筆愈簡而氣愈壯，景愈少而意
愈深。

　　　此詩模寫此畫，氣足韻餘。寫景之外，寫人物亦妙入毫芒，如叟
提魚、童叱牛，林僧卸笠、海商拋矴，可說三教九流都兼顧了。後八
句直誇關畫好與天通，可大可小，結以巨擘稱之，順水推舟，水到渠
成。以「四山」始，以「巨擘」終，亦妙得呼應。

卷 八

99. 贈高九萬並寄孫季蕃之一

> 諸人凋落盡，高叟亦中年。行世有千首，買山無一錢。
> 紫髯長拂地，白眼冷看天。古道微如線，吾儕各勉游。
>
> （卷八，頁 468）

高九萬名翥，餘姚人，好作唐詩，亦常作詞。與劉、孫爲好友，常同吟和唱。

首二句述二人大致情況。三、四句讚他詩多而無錢——買山猶買田也。五、六句寫其卓特之風姿，紫髯拂地已奇，白眼看天更妙。七句巧喻入神，八句平實互勉。全詩氣足力餘。

「之二」有云：「無書上皇帝，有句惱天公。世事年年異，詩人箇箇窮。」多少感慨，眞堪爲古今詩人代言！「有句惱天公」尤好，充滿了高雅的幽默感。

100. 送葉尚書奉祠二首之一

> 先生清夢繞林泉，黃紙除書拜地仙。
> 報答吾君吾相了，徜徉某水某丘邊。
> 事光白傳求閒後，銜似溫公約史年。
> 笑向故山猿鶴說，古來晚節幾人全？（卷八，頁 480）

按：葉時字秀發，仁和人，晚居嘉興，淳熙中進士，歷事四朝，官終
　　龍圖閣學士，操履端方，博學善文章，著有《禮經會元》及《竹
　　埜詩集》。

　　首句寫先生之風格，以林泉爲借喻，二句隱言其官職，且譽之爲
地仙。三句、四句巧對，說他了了一生功業，自在仙去。五句以白居
易作比，六句以司馬光相擬，一唐一宋，甚爲的切。也提昇了他的身
價。

　　末二句繼續推崇他，卻巧用故山猿鶴爲對話對象，著實讚揚了他
的晚節凜然。

　　「之二」說他「乍可郡無九年蓄，要令民受一分寬」，力言他爲
民造福，又以种放、靖長官相比。

101. 贈趙醫立之

> 世醫多孟浪，趙子獨專精。術穩常無誤，能高素有名。
> 方書眞爛熟，裘馬極鮮明。自笑貧兼病，將何贈宋清？

（卷八，頁 482）

趙立之不可考，宋清見《唐國史補》卷中：「宋清賣藥於長安西市，
朝官出入移貶，清輒賣藥迎送之。貧士請藥，常多折券。人有急難，
傾財救之。歲計所入，利亦百倍。長安言：『人有義聲，長安宋清。』」

　　首句泛斥世之庸醫，次句反讚趙立之，稱之爲「子」，亦表示敬
仰之忱。「孟浪」、「專精」，對得眞切，十字對仗，甚爲大方。「術穩」
一句平穩，「能高」一句補綴。五句正說，六句添姿。七句自嘲，八
句以宋清比立之。四平八穩，卻又風姿嫣然。

　　後村對於三教九流、醫卜巫筮之人，一向一視同仁，但多譽清貧
者，此詩吟一事業興旺之富醫，亦不致令人驚訝。

102. 送戴復古謁陳延平

倉部當今第一流，艱難有詔起分憂。

城危如卵支群盜，膽大於身蔽上游。

應是孔明親治事，豈無子美可參謀？

君行必上轅門謁，爲説披蓑弄釣舟。（卷九，頁 508）

戴復古，字式之，號石屏，嘗入陸游之門，以詩鳴江湖間，有《石屏集》，與後村爲好友，二人是江湖詩派的二大巨擘。

陳延平即石韡。《宋史·陳韡傳》：「韡字子華，福州侯官人。……登開禧元年進士第。……紹定二年中，盜起閩中，帥王居安屬韡提舉四隅保甲。韡有親喪辭之。轉運使陳汶、提舉常平史彌忠告急於朝，謂非韡莫可平，明年以寶章閣直學士起復，知南劍州。」

首句直述其事，且逕許爲「第一流」，此在後村詩中，甚爲罕見。城危如卵，用成語而不覺，膽大於身，變成語而誇飾。五句誇以諸葛亮之儔，六句以詩人爲他添身分。

末二句始及復古，勸他謁陳韡時，以歸隱相勸。看來六句之子美，或隱以復古爲擬。

一詩涉二人，本不易寫，此詩處理得優游有餘。

103. 還黃鏞詩卷

曾伴靈芝湖上吟，當年一悟至如今。

源流不亂知歸趣，篇什無多見苦心。

貫蝨功夫俱切近，膾鯨力量要雄深。

暮年誰可談茲事？盍有村醪且自斟。（卷九，頁 534）

黃鏞，莆田人，寶祐間太學生，與陳宜中等攻丁大全坐放，時稱六士。大全敗，丞相吳潛奏還。有旨赴廷試擢第，除監察御史，累遷給事中。德祐初同簽樞密院事兼權參知政事。明年正月，元兵至，除參知政事不拜，即日乞歸養。

首句說他曾伴趙紫芝吟詩，「一悟至如今」，則是足成前意。三、四句極讚其作詩有源有流，量少質精。

「貫蝨」謂貫穿蝨，喻射技之精，典出《列子·湯問》，此以喻詩句之精準。膾鯨是喻雄豪之詩文。二喻並陳，黃鏞不朽矣。

末二句自嘆自惜，亦足反襯黃鏞爲詩中知音。

104. 贈豫知子

隔膜能知人肺肝，瞭如燭照與龜鑽。

敏於一行推棋子，妙似堯天測牡丹。

道是鬼來疑太點，蹇然仙去覓應難。

身今槁木寒灰樣，暫愧巫咸仔細看。（卷九，頁 545）

豫知子，不詳姓名，鄉間預言者。

首句把預言者的本領一語搞定，次句用二喻足成之。

三、四句二典，一著棋，一預知，《酉陽雜俎》卷一二：「一行公本不解奕，因會燕公宅，觀王積薪棋一局，遂與之敵。笑謂燕公曰：『此但爭先耳。若念貧道四句乘除語，則人人爲國手。』」《古今源流至論》前集卷四引《步里客談》：「司馬文正種牡丹，邵堯夫曰：『某日午時，馬踐死。』是日及午，馬廄中馬絕經仆之。」上謂其神奇如奕手，下比邵雍神算。

五句擬鬼而更點，六句比仙而無踪。

末二句又自謙檮木，而以巫咸稱之。一副旁觀者的形象，亦足輔翼此子矣。

以一襯七，亦是後村慣技。但細看他給卜者所寫的詩，此詩可推爲冠冕。

105. 哭章泉二首之二

小扉通水竹，幽絕少比鄰。家似巢棲者，詩非火食人。

於今無宿士，若昔有先民。彊作徵君誄，居然語未親。

趙蕃已見前，爲後村久交之詩人。

此詩先寫章泉之家宅，小扉通幽，家似巢居，三句一氣貫下，高士之形象如見。四句描述其詩，清淡如不食人間烟火者語。

五、六句一義：宿士即先民（古人），「於今無」、「若昔有」亦工。合掌之嫌可宥。

七、八句又自謙，然自可把此十字解作「君之高明雅潔，非筆墨可以形容也。」

第一首前四句：「自有簞瓢樂，何須璧帛迎。後凋仁者壽，獨往聖之清。」以顏回比之，以仁者、聖人擬之，無以復加矣。

卷　十

106. 送眞西山再鎭溫陵

> 父老香花夾路催，朱幡那忍更徘徊？
>
> 弓張至此尤宜弛，珠去安知不復回！
>
> 海上有艘堪致粟，洛中無篋勝生財。
>
> 泉人畢竟修何福？消得西山兩度來。（卷十，頁567）

溫陵即泉州。《宋史·理宗紀一》：「紹定五年八月乙卯，起眞德秀爲徽猷閣待制知泉州。」全集卷一六八〈西山眞文忠公行狀〉：「紹定辛卯，慶壽恩，復寶謨閣待制玉隆祠，明年除徽猷閣待制知泉州，再辭不允，迎者塞洛陽橋。深村百歲之老亦扶杖而出，城中歡聲動地。」此詩亦應作於紹定五年。

　　此詩首句實寫「香花」「夾路」「催」，字字切，字字好。朱幡那忍徘徊，何等婉約，緊扣住眞氏一再婉辭之事。

　　三句弓弛，是實是擬，珠去復回，暗用合浦珠還之典，兩皆南方故事也。五句致粟，應是濟民，六句無篋，應是寫他廉潔。

　　末二句平易道來，格外溫暖親切。

　　全詩勻稱而不誇張，故佳。

107. 李陵與衛律——葵花二首之一

> 植物雖微性有常，人心翻覆至難量。

李陵衛律陰山死，不似葵花識太陽。（卷十，頁 568）

李陵、衛律，皆西漢人，投降後死於匈奴。《漢書‧李陵傳》：「單于壯陵，以女妻之，立為右校王，衛律為丁靈王，皆貴用事。衛律者，父本長水胡人，律生長漢，善協律都尉李延年，延年薦言律使匈奴，使還，會延年家收，律懼并誅，亡還，降匈奴，匈奴愛之。」

此詩明詠葵花，其實卻是以葵花傾日喻人臣之忠貞於君王，而反襯李、衛二人降敵博得富貴。

首二句正言：植物比人心好。三、四切入主題，褒貶明確。

平心而論，李陵以五千士兵深入匈奴，苦戰力竭，而援兵久不至，不得已而降，本有後圖，以報漢恩，不料武帝殺盡李陵家人，使他全無退路，只有死心塌地終老匈奴；衛律亦懼誅而北逃，實際上都有可以原諒之處。後村此詩，儼然是春秋之筆。

108. 悼阿駒七首

吾老方期汝亢宗，愛憐不與眾雛同。
豈知希世千金產，止作空花賺乃翁。

（之一，卷十，頁 570，下同）

長兄開卷每隨聲，大母繙經亦諦聽。
眉目分明無夭法，恐緣了了與惺惺。（之二）

北轍南轅有返期，吾兒掣手去何之？
夢中玉雪來懷抱，愁絕鄰鐘喚醒時。（之三）

隔日猶能喚女兄，兒於孝友殆天成。
直須見汝蓮花上，才得胸中一點平。（之四）

富貴威權得自由，收融二子殺楊修。
閑人於物無恩怨，那得倉舒只麼休？（之五）

眼有玄花因悼亡，觀書對客兩茫洋。
情知淚是衰翁血，更為童烏滴數行。（之六）

人生憂患本無涯，強取瞿聃語自排。
吾母白頭尤念我，吞聲不敢惱慈懷。（之七）

後村夫人林氏病逝後，於紹定二年續娶陳氏，阿駒當為陳氏所生，此年僅三歲而夭。

一首開宗明義，說他對阿駒的偏愛。汝、眾雛、千金產、空花、乃翁，一氣貫下，三實指、二借喻，密織如羅：至「空花賺乃翁」，問天、怨天之意，了然可見。

次首實寫阿駒生前行徑。幼慧之子，讀誦書文，諦聽佛經，令人疼愛。三句補述其面貌，只用「眉目分明」四字，足矣，而緊接「無夭法」三字，乃謂無短命之相，令人讀之心酸。末句自思自擬：恐是太聰明了，招造物之忌。以此自解乎？以斯怨天也！

三首前二句謂天下之大，南北暢通，去者各有歸期，而吾兒何往何歸？明知故問，益覺傷心。三句一轉：夢中常見，又入懷中，此處用「玉雪」代上首之「眉目分明」，既寫其形貌，又喻其「冰雪聰明」。夢無不醒，鄰鐘添愁。

四首追記小駒死前仍能喚兄名，以此喻其孝友之天性。末二句忽然撇開：若汝成仙近佛，復生於蓮花上，吾心方安。妙想成癡矣。

五首以曹操作話題：殺青年楊修、收孔融二子，何等威權，何等無情！不料自己的愛兒曹冲，如此聰明（生五六歲，有若成人之智），亦夭折於十二歲。此中莫非有因果報應？後村卻巧妙地把責問之詞轉化為自傷之目。阿駒猶倉舒，如何於人於物無恩無怨，卻遭此難？我非曹瞞，更不應禍延子嗣。此詩錯綜而切實。

六首謂子亡之後，眼花自眩，讀書、接客俱一片茫然，心神不屬。三、四句苦切：淚是吾血，只為愛子而滴。童烏，揚雄子，九歲與父論玄，極聰慧，是年即夭折。

末首以人生憂患起興，次句謂只好以老子哲思自慰，空即有，有即無。阿母愛我亦愛孫，我故吞聲忍氣，不敢相告。至此而一慟欲絕。

此七詩，可上比元稹、梅堯臣悼亡詩，彼妻此子，其傷痛一也。

109. 題趙子固詩卷

紫芝、仲白俱仙去，晚秀唯君擅士林。

字肖率更親手作，詩疑賈島後身吟。

九成合奏音方備，三染爲纁色始深。

老去尤於朋友篤，未忘几硯琢磨心。（卷十，頁597）

趙子固，名孟堅，號彝齋，善書畫，理宗寶慶進士，官至嚴州太守，又工詩文，多藏三代以來金石名跡，善作梅花水仙蘭竹，於山水尤奇。襟度蕭爽，時比之米南宮。年九十七歲，謚文簡。

此詩歷寫子固之詩、書、畫三絕。

首二句以另外二位趙性詩人烘托他。三句以歐陽詢（曾任太子率更令，故其書法有率更體之名）比擬他，四句又喻之以賈島，一書一詩，相得益彰。但爲了對仗，「親手作」三字便略嫌乏力。六句說他的畫，五句合詠詩畫書之成就，甚爲巧妙。

末二句寫他的人格氣度，於朋友篤、几硯琢磨，文異實同。

八句繽紛多姿，美不勝收。

110. 鄭丞相生日口號十首之六

忤旨攖鱗不自安，明朝密啓與遷官。

百僚舉笏私相語：相國胸中得許寬。（卷十，頁608）

《宋史·鄭清之傳》：「鄭清之字德源，慶元之鄞人。……少從樓昉學，能文，樓鑰亟加稱賞。嘉泰二年入太學，十年登進士第。……紹定元年遷翰林學士知制誥，兼侍讀……六年，彌遠卒，命清之爲右丞相兼樞密使。端平元年上既親總庶政，赫然獨斷，而清之亦慨然以天下爲己任。召還眞德秀、魏了翁、崔與之……時號小元祐。」

他是理宗朝賢相，後村一口氣爲他寫了十首生日詩，謹取其一以嘗鼎臠。

此詩首句忤旨攖鱗似乎指一諫官，二句謂清之明日即密書與因而遷官之人。三句直承上二句：滿朝文武私語此事，四句以讚作結：宰相有撐船度量！

　　四句實爲一意。另「之四」，「小范登庸面稍腆，惟公不以位爲娛」以「小范老子」范仲淹相比，正諧「小元祐」之意。面腆是寫其貌，不以位爲娛是寫其用心。

111. 朱買臣廟

　　　翁子平生最苦貧，曉將丹頸博朱輪。

　　　老儒五十無章綬，歸去何妨且負薪。（卷十，頁612）

朱買臣爲西漢賢大夫，出仕前貧甚，每天入山打柴販賣爲生，邊走邊讀，妻棄之，五十而仕，爲會稽太守，妻已改嫁，自經而亡。字翁子。

　　此詩直吟朱買臣事，一字未及其廟，蓋見廟有感也。

　　丹頸博朱輪甚妙，朱輪指曉日，全句指努力操勞也。五十尚無聞，負薪歸家去，寫得何其質樸瀟灑。後半發達後事，一字不提。只說一半，而未見吞吞吐吐之態，亦可謂奇著矣。

　　其廟在嚴州壽昌縣道旁。

112. 徐偃王廟

　　　仁暴由來各異施，秦徐至竟誰雄雌？

　　　君看酈岫今無墓，得似柯山尚有祠？（卷十，頁613）

徐偃王廟在衢州府龍遊縣西四十里徐山下，刺史徐放重修，韓愈撰碑。宋紹興、乾道、淳熙間屢毀屢建。

　　《史記·秦本紀》：「徐偃王作亂，造父爲繆王御，長驅歸周，一日千里以救亂。」

　　酈岫即驪山，在今陝西臨潼縣東南，有秦始皇墓，不知後村爲何說「今無墓」莫非是反說？柯山：在西安縣，又稱爛柯山，在縣南二十里，高踰千尺，周回十五里。晉樵人王質見石橋下二童子奕棋，就橋下看之，二童指視質斧柯已爛。此處詩意指王質雖凡人，柯山尚有其祠。

　　此詩似乎是後村錯記：把徐偃當作秦時人，以兵抗暴，故以秦、徐對比，而首句以「仁暴」冠首，次句以「雄雌」作殿。三句反說，

示暴君已無人記憶，尙不如一樵夫王質。

　　詩中以徐偃王、秦始皇、王質三人對擎：一仁、一暴、一凡，摛寫歷史之詭譎，兼示仁、暴之異勢，設想甚爲巧妙。

113. 馮唐廟

　　　當饋而今渴將材，豈無梟俊尚沈埋？

　　　有酒可沽魚可買，造門莫問是誰家。（卷十，頁 614）

馮唐廟，《史記・馮唐傳》載唐父乃趙人，徙代，漢興徙安陵。然新安舊稱信安，非漢之安陵，不知何以有馮唐廟。

　　馮唐漢文帝時爲郎中署長，時匈奴正爲邊患，文帝思得廉頗、李牧者爲將，唐曰：漢制賞輕罰重，即今有頗、牧，恐亦不能用。如雲中守魏尙拒匈奴，斬首捕虜，上功幕府，而幕府以所上首虜差六級，文吏遽繩以法，削其爵，賞未行而罰已至，帝說，令唐持節赦尙，拜爲車騎都尉。

　　此詩首二句借古喻今，試問當代是否有遺賢。今之馮唐何在，不曾薦得大將魏尙，自己也和馮唐一樣，出身禁宮，寧不愧哉？此「身」，未必後村自指，乃泛指朝廷官員。此詩全屬借題發揮，藉古之賢者以愧今之官吏。

卷十一

114. 和仲弟十首之一

懶窺戶外問晴陰，靜向窗前閱古今。

江國事稀聊袖手，鈞天夢斷久灰心。（卷十一，頁631）

仲弟指克遜，曾通判臨安府，知邵武軍。嘉熙初年，後村曾在邵武遇
弟，對塌累夕，語輒達旦。相與歎曰：「仕所以養親，太夫人薄榮利，
安輿跬步，不去鄉井。吾兄弟惟有早退爾。」

此首自抒亦所以寫克遜。前句寫實，暗用董仲舒三年不窺園之典
而活潑，二句「窗前」，意指室內，對仗甚工，閱古今對問晴陰亦好，
一時一空。三句四句一義而不嫌重複，因為「袖手」、「灰心」層次畢
竟不同。四句兩兩對仗，天衣無縫。隱者心情如見。

115. 母親──和仲弟十首之二

慈母清齋奉竺乾，平生功行默通天。

遙知靜坐修禪觀，永畫爐中一穗烟。（卷十一，頁631）

此詩全吟其母。首句說她虔誠信佛，次句增益之。三句謂「遙知」，
似乎不與母親同住，四句想像其處身佛堂之光景──「一穗烟」，亦
人生之象徵也。

此詩甚淡泊，而慈母之形像如見。

116. 挽南塘趙尙書之一

起掌端平制，蕭蕭素髮新。更生宗室老，太白謫仙人。
貴矣猶施馬，悲哉筆絕麟。誰爲篆華表？題作宋詞臣。

（卷十一，頁652）

南塘趙尙書，指趙汝談，卒於嘉熙元年。汝談乃太宗八世孫，淳熙進
士，歷江西安撫司幹辦公事，佐丞相趙汝愚定大策，汝愚去國，汝談
與弟汝讜上書乞斬韓侂冑，聞者吐舌，累獻備邊計，歷江西提舉常平，
理宗時入諫，言多剴切，權吏部侍郎，復論邊事及諸法，進權刑部尙
書。天資絕人，無一日去書冊，著有易書詩周禮禮記及孟荀莊諸子通
鑑、杜詩註等。

　　此詩吟詠這位學者政治家，充滿了敬虔之意。首二句謂他在理宗
端平年間掌制輔帝，已是一位白髮老人。三句以劉向比之，四句擬以
李白，謂他是大學者也是大詩人。五句說他擅長軍事及邊政，六句悲
他才學出眾而逝。末二句繼其意，謂趙公一生，乃是大宋之重要「詞
臣」。蓋棺論定於此矣。

　　「之二」又補出一些細節：「於《易》疑程氏，惟《詩》取晦翁。
《二箴》家有本，《孤論》世無同。」而首二句「自從水心死，塵柄
獨歸公。」則定言當時他已是學界領袖。

卷十二

117. 韓祠三首之一

柳祠韓廟雙碑在，孔思周情萬古新。

不信二公俱絕筆，別無詩可送迎神。（卷十二，頁 695）

此詩針對潮州韓昌黎祠而發，而又牽扯上柳宗元祠，有意把二人合一，而未正寫其祠廟。

首句實言韓、柳永存人世，次句更以退之、子厚比擬周公、孔子。其稱譽之隆，無以復加矣。

三句明說不相信韓、柳二公已絕筆辭世，其實是指二人之精神永垂不朽。四句更加重其意：若無二人之詩，則無可送迎神明。

由此詩看來，後村心目中，韓、柳爲唐代第一，更勝過李、杜。

若選古今韓柳頌詩，此應居冠。

118. 唐子西故居二首之一

一州兩仙客，無地頓奇材。方送端明去，還迎博士來。

（卷十二，頁 714）

唐庚字子西，眉州丹稜人，紹興中進士，入爲宗子博士，以張商英薦提舉常平。商英罷相，庚亦坐貶，安置惠州，時爲大觀四年。始至寓舍人巷，繼居郡城南沙子步李氏山園，築小廬觴詠自娛。廬曰寄傲，

庵曰易有，庚去廢爲民居。淳祐中漕使劉克莊始復之，建祠以祀，詩
亦作於此時。

首句開戶見山：兩個眉州客：蘇軾、唐庚，老天無處安頓，乃置
於惠州。三、四句分說：蘇去唐來。簡單明淨，而譽賞之忱見焉。

以仙客、奇材爲喻，與東坡並肩，子西於九泉之下，亦必感動焉。

按唐庚壽五十一（西元 1070～1120 年），小東坡三十三歲，二人
未有相識之記載。按清人翁方綱《石洲詩話》卷四所載，唐氏時有「小
東坡」之稱。

119. 劉鋹──江南五首之一

已報行營入，猶誇僭壘堅。何曾陵谷變？但見市朝遷。

（卷十二，頁 718）

劉鋹爲南越王，自誇堡壘堅固，而宋軍已兵臨城下，欲具艦而逃，爲
時已晚。事見《宋史・南漢劉氏》。

首二句具體敍述南越王亡國的簡訊。「已」、「猶」之間，張力十
足。

後二句才是本詩借題發揮的主旨所在。這個世界上，陵谷之變不
易，往往千年萬載而後發生；市朝之遷則比較容易，甚至朝夕之間，
朝廷已經變色，城頭已經易幟。「之三」曰：「區區一州力，不足辱王
師。」說盡小國的辛酸。

120. 唐博士祠

博士位尤卑，投名入黨碑。今觀名世作，多在謫官時。
太史沅湘筆，儀曹永柳詩。新祠綿叢爾，未盡復遺基。

（卷十二，頁 745）

唐庚前文已見。其祠劉克莊復修之，榜曰「唐博士故居」，命有司祀
之。元季廢。

前二句簡說唐庚生平，官位卑──提舉京畿常平，旋貶惠州。
但亦入元祐黨人碑。謫到惠州後，頗多佳作，乃以司馬遷、柳宗元爲

旁喻，頗為貼切；其實古來貶抑之士，固多佳作，張說、黃庭堅亦可作證。

　　末二句略寫新祠，規模不大，未復舊基，似有微憾之意。此詩寫唐庚，平實而公允。

卷十三

121. 贈蜀士盧石受二首之一

> 蜀郡盧夫子，沉冥不偶時。
>
> 幽深〈病梨賦〉，奇怪〈碟碟〉詩。
>
> 古有嚴並李，今無曠與夔。
>
> 何當短檠下，歷歷叩羣疑？（卷十三，頁764）

蜀士盧石受僅見此詩，名里不可考。

此詩首二句介紹盧夫子簡而明白。三句〈病梨賦〉，出盧照鄰；四句〈詠碟蟆〉詩，出自盧仝。具言盧石受頗有詩賦佳作，而以同姓二詩人作引子，此法東坡常用。由沉冥、幽深到奇怪，一氣貫下，讀之爽神。

五句、六句連用四古人：後漢人嚴君平、李弘並稱，舜時師曠與夔並為大臣。此謂石受獨來獨往，無相與之賢侶也。末二句言一心嚮往，欲往叩問群疑。韓愈〈短燈檠歌〉云：「短檠二尺便且光。」

此詩不徐不疾，寫出一位沉隱詩人的風姿，重神不重形。「之二」又有「命寧一錢直？腹載五車行。」補述其清貧與博學。

122. 哭孫季蕃二首之一

> 歲晚湖山寄幅巾，浩然不見兩眉顰。

看花李益無同伴，顧曲周郎有後身。

祿厚殷勤營葬地，隱君歡喜得吟鄰。

看來造物於君厚，判斷風光七十春。（卷十三，頁 792）

按：孫季蕃已見前，客死錢塘，妻子弟兄皆先卒，故人合葬之於西湖
北山水仙王廟之側。自號花翁，名重江浙公卿間，淳祐三年九月
卒，年六十五。

首句寫季蕃晚年生涯，在西湖徜徉，次句寫他的心境：正氣浩然，
不憂不懼。三句寫他無侶，悠然自得，看花吟詩，其實李益因多疑而
無友，似與季蕃不盡相同；四句謂他擅長顧曲，可比周瑜。

五句寫其友之營葬，「祿厚」應指杜、趙諸友；六句用李白墳之
文典，唐人詩：「誰移耒陽冢，來此作吟伴。」二句交代其後事。

七、八句合吟孫氏之福澤：七十，誇張語。「判斷風光」，猶言享
用風月也。用「判斷」更見氣勢。次首「每歲鶯花要主盟，一生風月
最關情」乃為此句作註腳。

123. 題江貫道山水十絕之二

一棹微茫裏，孤亭紫翠間。恍疑涉彭蠡，又似訪廬山。

（卷十三，頁 808）

江參字貫道，江南人，長於山水，形貌清癯，嗜香茶以為生。名作有
〈泉石五幅圖〉，師董源、巨然。

此詩描述江氏山水畫之一：孤亭、孤舟，紫翠草木，相映成趣。
此二句寫近景。

後二句寫遠景：鄱陽湖和廬山，俱是江西勝景，江參常游憩其間，
所謂「恍疑」、「又似」，不過設疑以增彩耳。「涉」、「訪」二動詞亦活
躍鮮明。

二十字寫一幅山水，如見如聞（棹聲、涉水聲）。

124. 題江貫道山水十絕之九

展卷嗟丘也，東西南北人。昔還行腳債，今作臥遊身。

（卷十三，頁 810）

此詩與前詩相比：前詩實寫，此詩虛說。而且前詩完全無我，此詩中的我（後村），則似乎與作者以及作者的山水畫合一了。

首二句用孔子文典，後村竟一反常態，居然以孔丘自比。三句緊接次句：既為四方人，便行四方路。四句一百八十度一轉，今已不出行，反而成為臥遊之身。

表面看來，此詩未及江參，但一種山水畫，只有在東西南北人眼中心中，得臥遊之趣，才算得上是上品之作。以此言之，此二十字為江氏其人及畫添加了許多光彩。

卷十四

125. 萇　弘

　　宗周危可憫，萇叔死非難，臣血三年碧，臣心一寸丹。

　　（卷十四，頁 813）

《莊子・外物》：「萇弘死於蜀，藏其血，三年化而爲碧。」注：「萇弘放歸蜀，自恨忠而遭譖，刳腸而死，蜀人感之，在匱盛其血，三年而化爲碧玉。」《左傳》注載萇弘見周衰，欲遷都而延其祚，故被貶。

　　首二句直述其事，但「死非難」亦可解作其死難能可貴。末二句似對非對，卻借三年化碧一典摛寫出萇弘精神之不朽。「一寸丹」對「三年碧」，何其妙，何其切！

126. 柳下惠

　　不怨窮并佚，能安小與卑。何須立奇節？展季即吾師。

　　（卷十四，同上）

《孟子・公孫丑下》：「柳下惠，不羞污君，不卑小官，進不隱賢，必以其道，遺佚而不怨，阨窮而不憫。故曰：『爾爲爾，我爲我，雖袒裼裸裎於我側，爾焉能浼我哉？』」展禽爲其本名，字季，柳下是其號。

　　前十字完全是後村把《孟子》中的記述濃縮而成。至其坐懷不亂之潔行，尚未提及。

末二句故意先說人何須立奇節，以柳下惠為師即可。其實柳下惠即奇節之士的代表。倘若世間人人為柳下惠，雖平凡亦奇異矣。

127. 樂　毅

忿懟及韓馳，荒唐入郢鞭。樂生端可拜，寧死不謀燕。

（卷十四，頁814）

樂毅為燕大將，報齊仇，後雖投身於趙，終身不復謀燕，可謂不忘本矣。韓馳謂韓非，本為韓公子，使於秦，為秦謀韓。終為李斯所謗而死於獄。郢鞭，指伍子胥報楚殺父兄之仇，入郢城，鞭楚平王屍。

首二句用韓、伍二人事，而各以「忿懟」、「荒唐」冠首，二語可視作互文。三句一轉，以「可拜」譽樂毅，其美德則見於最後五字。「寧死」二字亦度得有力。

伍員家仇成國恨，鞭屍固酷，容或有可宥之處，但比諸樂毅，畢竟遜一大籌。此詩亦可謂春秋之筆。

128. 屈　原

芊姓且為虜，蘗臣安所逃？不能抱祭器，聊復著〈離騷〉。

（同上）

按：《元和姓纂·楚》：「《風俗通》：芊姓，鬻熊封楚，以國為姓。」《史記·屈原列傳》：「屈原者名平，楚之同姓也。」故詩曰：「芊姓」。

首句似代天立言，謂楚將亡國，而屈原為楚之罪臣，安所逃於天地之間？

三、四句謂屈原不能立於楚之廟堂之間，只好吟〈離騷〉諸什以自遣，以洩憤。

古今抒寫屈原者眾矣，多頌揚其忠貞之精神，此詩卻似輕描淡寫，細品之則殊為沉痛。

129. 賈　誼

寄聲謝絳灌，勿毀洛陽人。歲晚〈治安策〉，諄諄禮大臣。

　（同上）

按：《史記‧賈生列傳》，謂漢文帝議以賈誼任公卿，周勃、灌嬰、東
　陽侯、馮敬等害之，乃短賈生曰：「洛陽之人，年少初學，專欲
　擅權，紛亂諸事。」於是天子疏之，不用其議，以之為長沙王太
　傅。

　　此詩不同於李義山的〈賈生〉，先讚其才調無倫，復嘆帝「不問
蒼生問鬼神」，將責任歸於文帝；此詩用婉勸方式立言：明示世人，
絳、灌毀誼，責無旁貸。後二句則強調賈誼一腔愛國報主之心，始終
不改：禮大臣，固非為絳、灌而說，但至少表示他大公無私的襟懷。
二十字別有剪裁！

130. 虞　翻

　　孝廉已稱帝，賓佐盡封侯。不道投荒客，交州白了頭。

　（同上）

《三國志‧吳志‧虞翻傳》謂翻字仲翔，會稽餘姚人。因屢忤孫權，
投荒交州，年七十卒。

　　此詩先佈局，說吳國情事。孝廉指孫權——吳大帝，賓佐指張
昭、周瑜等東吳的文武大臣。一國既定，百官封侯，本是極自然的事。
首句中著一「已」，次句中度一「盡」，頗見力道。

　　三句進入主題，以投荒客稱翻，四句寫出他的最後歸宿——流
放遙遠的邊疆——交州。「不道」二字，道出多少辛酸；翻堪為古今
忠鯁逐臣之範，亦可賺有心人一哭。

131. 顏魯公

　　鬼蜮內持衡，胡雛外握兵。一朝臨白刃，〈乞米〉老儒生。

　（同上）

顏真卿封魯郡公，故世稱「顏魯公」，在安史之亂時曾立功，後為叛將
李希烈所殺，文天祥〈正氣歌〉亦曾詠及此事。真卿有〈乞米帖〉，蓋
李光弼為當時元老，盡力王室，與魯公為氣類，時從光弼乞米乞鹿脯。

當時情勢,是奸相盧杞惡眞卿,適李希烈反,杞建言派眞卿往諭之,希烈脅之從己,眞卿不從,卒遇害。李希烈爲遼西人,嘗爲節度使,後叛國自立,國號楚,爲部屬所殺。首二句分指盧、李。三、四句把眞卿殉國之忠烈、交友之信義、書法之高卓融而爲一,亦奇什也。

132. 李　白

　　幸自忤將軍,那堪觸太眞!世無郭中令,誰贖謫仙人?

　　　（卷十四,頁 815）

李白得寵於唐玄宗時,曾命高力士脫靴、楊貴妃磨墨,因而得罪二人,致遭帝放歸。力士以誅蕭岑功,爲右監門衛將軍,故本詩首句以「將軍」稱呼之。其實不無諷意。首二句用「幸自」、「那堪」,亦有輕微揶揄意。

　　末二句專說後來李白歸永王而獲罪事,幸得大元帥郭子儀解救,方得全身而退一事。表面上十字只是直述其事,其實在「郭中令」三字之下,吐出「謫仙人」三字,正好與首二句的高、楊作比;只有子儀,堪贖太白!最權重之中人,最受寵之佳人,奈何天下第一之將軍(眞將軍也!)與詩人!寫李白不提他的詩歌,亦是一奇。

133. 陸　贄

　　飲食晩由竇,門庭誰敢闌?禁中無急詔,不記奉天時。

　　　（同上）

陸贄乃唐代大手筆,得寵於德宗,從幸奉天,極見任用,詔策多出其筆。晩貶忠州別駕,不敢與人交接。

　　首句把一代大筆寫得忒可憐:飲食由洞竇入,不敢與人交接,甚至迎面亦免。深居簡出之狀,乃藉次句更加添彩。

　　此時莫非天下已告太平?「禁中無急詔」五字,其實是虛設之辭,若無此五字,如何能忘記奉天從駕之大手筆?

　　才人命蹇,此乃一例;帝王反覆,亦盡在不言中!

134. 劉蕡

貂璫竊大柄，韋布獻孤忠。牓出無風漢，無名在選中。

（同上）

《舊唐書‧文苑‧劉蕡傳》：劉蕡字去華，昌平人。好談王霸大略，耿介嫉惡，言及世務，慨然有澄清之志。太和二年以布衣應賢良策試，考官覩蕡條對，歎服嗟悒，以為漢之晁、董無以過之，言論激切，士林感動。時登科者二十二人，而中官當途，考官不敢留蕡在籍中，時論喧然不平。

此詩首二句對仗：中人對布衣，奸小對君子。三、四句直抒其事，「風漢」對「無名」。風漢寫照蕡之議論風生，甚妙。

古今才人，常被小人、愚人黜落，可謂司空見慣，此詩以二十字抒其不平，表面上風平浪靜。

以上十人合稱「十臣」，乃江東詠史絕句二百首之最先十首，其中如屈原、賈誼、李白、陸贄，俱為大詩人、名作家，但後村在此，一概視之為忠臣名臣，用心良苦。

135. 尹伯奇

不愁兒足凍，第恐母心傷。所以子范子，惟彈一屨霜。

（卷十四，頁 818）

尹伯奇〈履霜操〉小序云：「〈履霜操〉，尹吉甫之子伯奇所作也。伯奇無罪，為後母讒而見逐，乃集芰荷以為衣，採楟花以為食，晨朝履霜，自傷見放，於是援琴鼓之，而作此操，曲終投河而死。」

此詩委婉立言，寫出尹伯奇一副孝子心腸。首二句說寧可被放逐於野，天寒受凍，亦不願向父親申辯，以明繼母之讒，蓋恐渠傷心也。

三句用「子范子」，不詳何故。因為春秋有一「范子」，助天為虐，助天為虐不祥，似非此處之「子范子」。莫非另有其人，亦為一孝子？

四句五字甚為有力：「惟彈一履霜」。「彈」字妙在雙關：第一義由首句之「兒足凍」引來，彈去履上之霜也；第二義則是彈奏〈履霜操〉一曲，「惟」字暗示他彈畢即死。

136. 宜 臼

莫親於父子，天性有時移。竟以婦爲屬，空令傳作詩。

（同上）

周幽王寵褒姒，廢申后及太子宜臼，申侯乃引西夷犬戎攻殺幽王，晉文侯與鄭武公迎太子宜臼立之，是爲平王，遷於東都。《詩經》有〈小弁〉一詩，專刺幽王。

此詩紀實：由父子倫常之愛說起，次句陡然一轉，謂人性有驟變之時。三句以婦爲屬，婦謂褒姒，屬猶言魔鬼，美人爲屬，乃壞天子之倫常。四句巧爲之說：傳爲〈小弁〉之詩，猶言難逃《春秋》之筆也。

此詩二十字內，涉及父子夫婦三人，皆不說出姓名，亦可謂巧於安排矣。

137. 申 生

君父如天地，雖逃安所之？可憐共世子，死不恨驪姬。

（同上）

晉獻公寵幸驪姬，欲殺太子申生及次子重耳，或令去國，申生曰：「不可。君謂我弒君也，天下豈有無父之國？吾何行如之？」遂自縊於新城。

同一類型的故事，申生可就沒有那麼幸運了。申生之死，出自他的忠孝之忱，今人看來，或謂之愚忠愚孝，但申生自有其人格精神，千古不泯。

首句沉重，次句引述申生語而加重語氣。「恭世子」申生，可憐亦可敬，至死不恨驪姬，尤令人敬佩，可爲千古孝子仁人典型。此詩抓住核心，字字是血淚。

138. 曾 子

親劬何以報？子職貴乎勤。梨本非難熟，瓜殊未易耘。

（卷十四，頁819）

曾參，曾點之子，事親至孝，曾耘瓜誤斷其根，點怒，援杖擊之，幾

死。有頃復甦，鼓琴而歌。孔子聞之，告門人曰：「參來，勿納也。
小杖則受，大杖則走。今參陷父於不義，安得爲孝子？」參聞之，遂
造孔子謝過。

此詩首二句正說，著一報字，著一勤字。末二句以梨非難熟烘托
瓜未易耘，甚爲巧妙。做兒子的，只勤還不夠，還要謹愼，還要衡量
事情的輕重。

二十字加上言外之意，曾子孝親之典範，已了然如見。

139. 伍　尙

伍奢呼二子，一至一奔焉。逃父吾無取，讎君亦未然。

（同上）

伍尙、伍胥，楚平王太子建太傅奢之二子。平王爲太子建娶秦女，楚
大夫無忌說平王自娶秦女，爲太子另娶，且讒王誅太子。太子奔宋，
伍奢諫不聽，囚奢，又欲殺其二子，令奢召之。奢曰：「尙至胥不至。」
果然，尙與父同受誅，而伍胥奔吳，後報楚仇。

此詩以伍尙爲主體，其實主旨仍在譴責伍子胥逃亡、復仇之不
是，與他在詠伍員詩時相同。

題作「伍尙」，蓋以伍尙之作法，符合忠臣孝子之義也。此詩寫
法，稍嫌直率。

140. 扶　蘇

詔自沙丘至，如何便釋兵？君王令賜死，公子不求生。

（同上）

扶蘇，秦始皇長子，北監蒙恬於上郡。始皇死於沙丘，丞相李斯與宦
者趙高謀立次子胡亥，遂賜扶蘇、蒙恬死。見《史記‧秦始皇本紀》。

此詩首二句，以「如何便釋兵」爲核心，質疑之意了然。可見不
同於他對伍家父子的事件，後村對扶蘇返國受死一事，深爲遺憾。原
因有二：一、此非始皇旨意，乃李、趙矯詔，故不宜從。二、始皇乃
暴君，即使是他臨終遺旨，亂命亦不可從。

三、四兩句不過重言其事，但三句用「君王」打頭，便把此事責任歸到始皇身上了。

後村對扶蘇，有遺憾，無責備。

141. 東海王彊

聖經非拒父，古誼有傳賢。據以兵求勝，彊能智自全。

（同上）

東海王彊，乃漢光武帝之子，郭后所生，立為皇太子。郭后廢，不自安，請去位守藩，遂封為東海王。光武崩，廣陵王荊通反書於彊，彊封其書上之。荊自殺，國除。見《後漢書・東海恭王、廣陵思王傳》。

首句不免曖昧，大約說拒父非經常之道，二句補充之，說古來有傳賢不傳子的先例。二句意指東海王彊能在父子倫常與君臣之關係中自得其中庸之道，勿驕勿卑。

三、四句直述荊謀反、彊自守之事：以智自全，可籠罩前後兩大事。

全詩對東海王劉彊的稱許，藹然流露。

142. 姜　詩

晨興風色惡，日晏汲歸遲。寧與閨中訣，莫令堂上饑。

（同上）

姜詩，後漢廣漢之民，與妻龐氏事母至孝。母好飲江水，江去舍六七里，妻曾因值風未及時汲水受譴，而其子亦因遠汲溺死。舍側忽湧泉如江水，又現雙鯉，為魚膾以供其母。見《後漢書・列女傳》。

此詩其實涉及夫婦二人及其溺斃之子，三人皆為孝行楷模。

首二句模擬實景，甚為真切。後二句擴大故事基礎，改渴為饑。三句虛寫而似實。

子死，婦受譴，而行孝絲毫不改。詩中未將舍側湧泉之事吟入，蓋以孝行本身最珍貴，神話式的奇蹟猶其次也，可不必掛齒。

143. 王　祥

　　禮律通稱母，能分繼與親？乃知履霜子，絕似臥冰人。

　　（卷十四，頁820）

王祥，少有德行，早失母，後母憎而譖之，祥孝彌謹。盛寒，河水堅冰，網罟不施。母偶欲生魚，祥解褐扣冰求之。忽冰少開，有雙魚出遊，祥垂綸而獲之，時人謂之至孝所致。

　　此詩首二句謂生母、繼母，其實無別，據禮則一。

　　三、四句說：王祥的孝行，和履霜之子尹伯奇（見前）不分上下。二人皆為繼子，對繼母惟孝惟敬。

　　巧在「履霜」、「臥冰」，天然對仗，可謂渾成之至。

　　藉詩稱許古之孝子，雙雙成頌。

144. 寧　王

　　智出建成上，賢於子糾多。至今稱讓帝，當日喚寧哥。

　　（同上）

寧王，指唐睿宗長子成器，力辭儲副位，讓於弟隆基，以其有討平韋氏之功。玄宗即位，封為寧王，稱之寧哥。卒，追諡讓皇帝。《舊唐書》有〈讓皇帝憲傳〉。

　　寧王故事，可比美伯夷、叔齊等先賢。成器力辭太子之位，一以弟隆基有大功，一以自知才具不如乃弟，如此謙讓自持之人，古今罕覯。

　　後村認為寧王智慮遠勝唐初之建成（太宗之兄），亦賢於與齊桓公小白爭位的子糾，蓋有自知之明與容人之雅量也。

　　三、四句直述其事，但「讓帝」譽其德行之高，「寧哥」則兼讚玄宗之友悌矣。

　　以上十首，合稱「十子」，皆古來之孝悌楷模，精挑細選，煞費苦心。

145. 伯　夷

木主來西土，檀車濟孟津。只應千萬世，瞻仰首陽人。

（卷十四，頁822）

伯夷，周人，姓墨胎氏，名元，字公信，與弟叔齊為孤竹君之二子，伯夷知父有立叔齊之意，父歿後，讓王位於叔齊而走，叔齊亦去，後武王伐商，夷以其非人臣之道，恥食周粟，隱於首陽山而餓死，孔子，孟子皆稱其仁、其高潔。

伯夷叔齊（以一代二）來自孤竹（河北省盧龍縣至熱河省朝陽縣一帶）往西到山西之首陽山。而武王自西土來，渡過孟津，攻伐紂王。木主，謂武王載文王之神位而行。

詩中省略了伯夷、叔齊之行程，而專寫武王之征程，亦甚別致。

末二句直說，卻把夷齊定位為「首陽人」，亦有獨造之詣。「千萬世」或有些誇張，但上加「只應」二字，便見穩妥了。

146. 嬰　臼

賢矣兩家臣，孤存極辛苦。後來有曹馬，亦是受遺人。

（同上）

程嬰，春秋晉人，與趙朔友，屠岸賈殺趙朔，滅其族，朔妻遺腹生一兒，朔客公孫杵臼與嬰謀：取他人兒負之匿山中，嬰出，告所匿處，攻而殺之。嬰乃抱趙氏真孤匿山中居，後韓厥言於景公，立為趙氏後，是為趙武，遂攻屠岸賈滅之。武既冠，嬰曰：「今宜下報宣孟、杵臼。」遂自殺。

按：此事後為元人紀君祥雜劇《趙氏孤兒》之所本。

此詩首二句說程氏、公孫二人之育孤苦行，直讚不諱。末二句謂曹馬——曹氏、司馬氏，即指魏朝、晉朝，為何亦是受遺人？殊不易解。曹操、司馬懿與趙家，有何血緣關係？抑曹馬別有其人？

細測詩意，當謂一二人之義行，其惠澤其實可綿延久遠。

147. 王 蠋

稷下空多士，誰爲國重輕？列臣七十二，死者一書生。

（同上）

《史記・田單列傳》：「燕之初入齊，聞畫邑人王蠋賢，令軍中曰：『環畫邑三十里無入。』以王蠋之故。已而使人謂蠋曰：『齊人多高子之義，吾以子爲將，封子萬家。』蠋固謝，燕人曰：『子不聽，吾引三軍而屠畫邑。』王蠋曰：『忠臣不事二君，貞女不更二夫。齊王不聽，故退而耕於野。國既破亡，吾不能存，今又劫之，以兵爲將，是助桀爲暴也。與其生而無義，固不如烹。』遂經其頸於樹枝，自奮絕脰而死。」

此詩首二句直接褒揚王蠋，而以稷下諸士爲反襯，「空」之一字有神。「空」與下句之「重輕」對應。齊素稱多士，七十二臣，言其多也。王蠋未仕，故謂一書生。此後二句，猶爲前二句作註腳，但末五字力量自見。

148. 魯仲連

六國鈞南面，甘爲北面臣。向微生一叱，幾帝虎狼秦。

（同上）

魯仲連，戰國齊人，好奇偉俶儻之策，而高蹈不仕。遊於趙，會秦圍趙急，魏使新垣衍入趙，請尊秦爲帝，以求釋兵。仲連義不許，見衍，伸以大義，曰：「彼即肆然稱帝，連有蹈東海而死耳。」秦將聞之，爲卻軍五十里。適魏無忌來救，秦引兵去，圍解。平原君欲贈以千金，仲連笑曰：「所貴乎天下之士者，爲人排患釋難，解紛亂而無所取也；即有取者，是商賈之事也。」遂辭而去。事見《戰國策》與《史記》。

此詩首二句，極推崇仲連：謂六國之君，均敬重仲連，甘拜下風。末二句直述「義不帝秦」之事，「一叱」二字有力，「虎狼」一喻生風。

魯仲連得李白讚譽於先，有後村評褒於中，又蒙袁枚稱頌於後，

誠不朽矣。

149. 豫　子

紛紛荊聶輩，猶有利而爲。智氏已無後，先生欲報誰？

（卷十四，頁823）

豫子，乃後村尊稱戰國晉人豫讓。讓事智伯，趙襄子滅智伯，讓兩度刺襄子不中，求襄子授衣斫三劍，然後伏劍而死。亦見《戰國策》、《史記・刺客列傳》。

首二句列舉〈刺客列傳〉中另二位有名的刺客：荊軻及聶政：軻養於燕太子，政優遇於韓卿嚴遂，故曰「有利而爲」，「紛紛」二字，明有貶意。

末二句揚豫，無利可圖，只爲報恩！

寫豫讓而以荊、聶爲襯，正襯竟變成反襯，亦妙著也。

150. 龔　勝

已設床臨牖，何須綬著身？遂令移鼎賊，知愧飾巾人。

（同上）

龔勝，楚人，與龔舍並稱爲「兩龔」。王莽秉政，乞骸骨，歸老於鄉。見《漢書・兩龔傳》。

設床臨牖，謂卜居於野也；綬著身則爲出仕。二意象立顯仕隱之別。三句又以「移鼎」說王莽，且下加一「賊」字，力道更強。飾巾，謂以幅巾爲首飾，不加冠冕，與「移鼎」遙對，二人節操之高下立見。

此詩以四意象定褒貶。

151. 陶淵明

卜築堪容膝，休官免折腰。寧書處士卒，不踐寄奴朝。

（同上）

陶淵明不爲五斗米折腰，回家安居，「審容膝之易安」（〈歸去來辭〉），二句十字，此意全概括於中，其人格之高潔亦不言而喻。死前已入宋，

不願附合新朝，乃書甲子而不願書劉宋之年號，表示他對晉朝之忠貞不二，以一處士卒（世稱陶徵君），亦甘之如飴也。

古今抒寫陶淵明者甚多，後村此詩二十字，只說他的節操而不及其他，亦一異數也。

152. 甄　濟

唐德雖中否，猶能愧畔臣。盡驅汙賊者，往拜詐暗人。

（同上）

甄濟，字孟成，唐定州無極人。安祿山反，使蔡希德封刀召之，濟不為動，引頸待之。見《新唐書・卓行》。

首句唐德中否，五字括盡安史之亂與天寶衰亂。然一人卓行，猶可愧煞諸無德操之叛臣！兩句十分爽神。

後二句謂甄濟為對付、反抗敵人，裝聾作啞，其實自有其不可侮之正氣在焉；老天何不盡驅「汙賊者」——即二句之「畔臣」，來拜謁、來仿效這位「詐暗人」——甄濟先生！末二句對仗得自然而有力道。

153. 何　蕃

城去曾聯疏，宣收亦舉幡。向令無太學，安得有何蕃？

（卷 14，頁 823）

何蕃，太學歲一歸，父母不許，二歲一歸亦不許，凡五歲，慨然以親老而歸。諸生共狀蕃文行留之。朱泚之變，蕃正色不聽從亂，故六館無受汙者。居學二十年，死葬無歸者皆為治喪。見黃震《古今紀要》卷 12。

按東漢士風，本重氣節，何蕃先得父母之嚴教，後得眾太學生之擁戴，故能立節抗賊，又能博施濟眾，誠一代賢人。此詩首二句概括其主要事跡。後二句飲水思源，代何蕃抒感。一揚一抑之間，何氏之畫像乃成。

154. 司空圖

節將飛颺去，牙郎賣美餘。唐臣不負國，惟有一尚書。

（卷十四，頁 824）

司空圖，字表聖，唐末河中虞鄉人。朱全忠篡唐，召爲禮部尚書，不起。哀宗弒，不食而卒。見《新唐書‧卓行傳》。

　　按司空圖（西元 837～908 年）是詩人也是詩論家，但後村只是把他當作古今「十節」之一來吟詠。

　　首句謂國亡，次句謂摛文詠詩（他善寫景詠物）之餘。言簡意該。

　　三、四句一貫而下，一個唐朝，只一人錚錚獨立，不肯負國，絕粒而死！「一尚書」合韻，但畢竟尚書是朱溫所授而表聖未受，以此稱之不甚妥當。

155. 許　由

一聞堯禪後，洗耳即歸休。鄰叟嫌泉濁，牽牛飲下流。

（卷十四，頁 825）

許由，上古之高士，陽城槐里人，字武仲，隱居沛澤中，堯讓以天下不受，遁居於潁水之陽，箕山之下。又欲以爲九州長，由不欲聞，洗耳於潁水之濱。見《史記‧燕世家》等。許由洗耳後，更有巢父嫌水已濁染，牽牛他去。

　　按此詩題目雖爲「許由」，實合詠二人之事，首二句吟許由，後二句詠巢父，合成一幅高隱圖。

　　此詩好處，乃在全寫實事實情，不增不刪，渾然天成。以「鄰叟」代巢父亦好，不必與首句之「堯」對峙也。

156. 沮　溺

皇皇聞問者，薿薿耦耕人。不識吾夫子，寧非古逸民？

（同上）

沮、溺爲春秋時代二位隱士之名：長沮與桀溺。《論語‧微子》：「長

沮、桀溺耦而耕，孔子過之，使子路問津焉。」他們對孔子者流，實抱不屑不睬之態度，故爲後人懷想仰慕，如蘇軾詩：「竟無五畝繼沮溺，空有千篇凌鮑謝。」

此詩首二句把孔子、子路與長沮、桀溺作了一個鮮明對比：皇皇者流見問，藐藐之人自耕。末二句似是廢話，實蘊眞諦：逸民有逸民的世界，夫子有夫子的天地，我不識汝，豈非理所當然！

157. 荷蓧丈人

客云自孔氏，不覺喜逢迎。止宿見二子，孰云無世情？

（卷十四，頁826）

《論語・微子》：「子路從而後，遇丈人以杖荷蓧。子路問曰：『子見夫子乎？』丈人曰：『四體不勤，五穀不分，孰爲夫子？』植其杖而耘。子路拱而立。止子路宿，殺鷄爲黍而食之，見其二子焉。明日，子路行以告。子曰：『隱者也。』使子路反見之。至，則行矣。」

此詩樂括〈微子篇〉要義，而略加評論。首句「客」指子路。二句「喜逢迎」猶今言殷勤歡迎。三句實述，四句發抒感想：荷蓧丈人，不是無情之人，反倒是通情達理的人，不過生活態度和孔子師徒迥然不同而已。

158. 接　輿

上古聞巢父，衰周有楚狂。由來豪傑士，不必待文王。

（同上）

《論語・微子》：「楚狂接輿，歌而過孔子，曰：『鳳兮，鳳兮！何德之衰？往者不可諫，來者猶可追。已而，已而！今之從政者殆而！』孔子下，欲與之言。趨而辟之，不得與之言。」陸通字接輿，楚昭王時政令無常，乃披髮佯狂不仕，時人謂之楚狂。此條所載，乃接輿奉勸孔子不必赴楚干政也。

「豪傑之士，不待文王猶興。」乃孟子語。此詩先以接輿上比巢父，下半則以略帶曖昧之語氣說：豪傑之士，自有其生存之道，不必

待文王始興，似讚接輿之卓犖不群。

159. 四　皓

　　去避坑焚禍，來成羽翼功。留侯不自語，驅使紫芝翁。

　　（同上）

商山四皓指東園公、夏黃公、甪里先生、綺里季四老，秦末避亂於商山（陝西省商縣東），漢高祖欲易太子，太子求張良，張良請四皓來朝，示佑太子，高祖乃罷。《申鑑‧雜言上》：「高祖雖能申威於秦項，而屈於商山四公。」即指此事。

　　此詩綜括四皓一生：避秦禍，翼漢子。末二句補說來由。「紫芝翁」，猶言仙翁也。

　　不過「驅使」二字，用得太夯，似乏敬重之意，宜改「借重」等語。

160. 兩　生

　　尚恐公污我，何妨史失名。深衣與短製，同召不同行。

　　（同上）

兩生，即魯兩生。《漢書‧叔孫通傳》：「通使徵魯諸生三十餘人，魯有兩生不肯行，曰：『公所事者且十主，皆面諛親貴。今天下初定，死者未葬，傷者未起，又欲起禮樂。禮樂所由起，百年積德而後可興也。吾不忍爲公所爲，公所爲不合古，吾不行，公往矣，毋污吾。』通笑曰：『若眞鄙儒，不知時變。』」

　　此詩打頭即示出主旨「恐公污我」，我德不可污，我名何妨隱！二句接得穩實。貴人、平民以衣代之，同召不同行，事跡分明，志亦不同，不可強也。

161. 嚴　光

　　幸自沉冥去，無端物色求。蓑衣亦堪釣，何必披羊裘？

　　（同上）

嚴光爲漢光武帝故友，劉秀登基後，曾邀抵足而眠，惹得太史官驚報

「昨夜客星犯帝星」，聘之不出，垂釣於富春江濱。

　　此詩先述嚴光之人品操守，一句清楚，二句含蓄。三句四句以「蓑衣」與「羊裘」對比，微議嚴光之行徑。

　　「亦堪」、「何必」四字之間，蘊蓄渾厚的張力。

162. 梁　鴻

　　肅宗漢明主，猶惡〈五噫〉詩。一旦拂衣去，世人那得知？
　　（卷十四，頁827）

梁鴻故事最引人的，是和妻子孟光舉案齊眉、安貧樂道、相敬如賓，但後村此詩，未嘗及此，因為它的重心乃在表揚其高隱不群之氣概。

　　《後漢書‧梁鴻傳》：「過京師作五噫之歌，曰：『陟彼北芒兮噫！顧覽帝京兮噫！宮室崔嵬兮噫！人之劬勞兮噫！遼遼未央兮噫！』肅宗聞而非之，求鴻不得。」

　　本詩首二句檃栝此事而先許肅宗以「明主」，以彰顯〈五噫〉之卓特，梁鴻之獨立。

　　後二句則切寫梁鴻隱霸陵山，以耕織為業，章帝（即肅宗）求之未得，乃變姓名居齊魯間，又適吳，依皋伯通居廡下，為人賃春。

　　末句「世人那得知？」似有憾意，但對梁鴻夫婦來說，卻正是求仁得仁。

163. 龐　公

　　採藥穩棲遲，然其篡奪危。景升不愛子，卻念德公兒。
　　（同上）

龐德公，後漢襄陽人，居峴山南，未嘗入城市，劉表在荊州，延請不屈，乃就候之。德公耕壟上，妻耘於前，相敬如賓。表曰：「先生不肯受官祿，將何以遺子孫乎？」德公曰：「人皆遺之以危，我獨遺之以安。」諸葛亮每造之，獨拜床下。建安中，携妻子隱鹿門山，因採藥不返。

　　首句直寫德公之隱，次句以曹家兄弟七步詩立言，比照隱者與篡

奪者之異：一穩一危。末二句就劉表訪德公之事著眼：劉表三子之爭，表有咎焉，卻關心公之子女，可發一噱。此中反諷之意，正所以成就德公之賢名。

以曹、劉襯托德公，是本詩創意所在。

164. 汾亭釣者

太公輔西伯，嚴子客東京。獨有汾亭者，無人得姓名。

（同上）

《文中子中說》卷六：「子遊汾亭，坐鼓琴。有舟而釣者過曰：『美哉，琴意傷而和，怨而靜，在山澤而有廊廟之志，非太公之都磻溪，則仲尼之宅泗濱也。』子驟而鼓〈南風〉，釣者曰：『嘻，非今日事也。道能利生民，功足濟天下，其有虞氏之心乎？不如舜自鼓也，聲存而操變矣。』子遽捨琴，謂門人曰：『情之變聲也如是乎！』起將延之，釣者搖竿鼓枻而逝。」

首句說太公，取其隱磻溪事，次句寫嚴光，取其隱富春江事。以此二人烘托主角。後二句惋惜如此賢者，史不載其姓名，寫法近似〈梁鴻〉一首，而憾尤深焉。以上合爲「十隱」。

165. 荀　卿

歷歷非諸子，駸駸及聖丘。乃知焚籍相，亦自有源流。

（卷十四，頁828）

此詩首二句試圖重新爲荀子定位：他不能算「諸子」，幾乎可與孔、孟比肩。這是重譽。

可是三句之一轉，簡直一百八十度。爲什麼？因爲荀子之學，傳授給韓非、李斯，直接間接促成秦始皇的暴政——焚書坑儒。此後二句可謂春秋之筆，荀子地下當之，恐亦將失色變容。

166. 穆　生

決去先生勇，懷安二子慚。向令猶在坐，楚市赭衣三。

（同上）

《漢書·楚元王傳》：「初，元王敬禮申公等，穆生不耆酒，元王每置酒，常爲穆生設醴。及王戊即位，常設，後忘設焉。穆生退曰：『可以逝矣。醴酒不設，楚王意怠，不去，楚人將鉗我於市。』」

　　這個故事的另一半是：另二位儒生仍苟且爲楚王客，終不得善終。

　　此詩開宗明義：先生有先見之明，勇於先辭；二子苟安不去，可慚。三句假設：若穆生仍安然在座，恐早伴二子赭衣於楚市矣。全詩明見機之要，見穆生之智勇。用正（一句）、反（二句）、合（三、四句）之邏輯完成之。

167. 伏　生

　　偶脫驪山厄，龍鍾九十餘。誰知漢掌故，傳得不全書。

（卷十四，頁829）

伏勝，西漢濟南人，字子賤，故爲秦博士，世稱伏生。文帝時，求能治尙書者，勝時年九十餘，老不能行，使鼂錯往受之，得二十八篇，事見《史記》121、《漢書》88。

　　首句脫驪山厄，謂秦亡之災也，次句實寫。

　　後二句亦爲實寫，但三句故意用一反問句，以增氣勢。四句「傳得不全書」，若有深憾焉。

　　其實，口授古籍，於文化史上自是有大功；全不全，猶其次耳。

168. 轅　固

　　面折公孫子，堂堂負直聲。安知上前議，乃復有黃生！

（同上）

轅固生，齊人，漢景帝時爲博士，與黃生爭論湯武非弑君於帝前。武帝即位，年九十餘，與薛人公孫弘同召，諭弘務正學以言，無曲學以阿世。見《史記·儒林列傳》。

　　此詩巧妙地把關於轅固生的兩件要事顛倒來說，造成一種戲劇化的效果。

其實轅固生與黃生爭論湯武事時，年紀還比較輕，故二人針鋒相對、曉諭公孫弘時，則年事已高，乃以老前輩資格勸導弘。時移勢異。但經後村一「改編」，便成就類似「一山還有一山高」的旨趣了。

169. 申　公

　　繪臧不自保，強致老先生。魯邸今朝罷，蒲輪昨日迎。

　　（同上）

申公，魯人，以《詩》教諸生。蘭陵王臧、代趙綰受詩申公，欲請武帝立明堂以朝諸侯，不能就，言師申公，帝使使迎申公。太皇竇太后不說儒術，因廢明堂，下趙、王於吏，後皆自殺，申公亦以疾免歸。見《史記·儒林列傳》。

　　首二句把整個故事的重心揭露，「不自保」真切可憫，「強致」近乎春秋之筆。

　　後二句為倒裝句，昨迎今罷，本為政壇常情，何況那個時代，還有竇太后一號人物！申公不死，已是萬幸。

170. 兒　寬

　　茂陵輕樸學，寬對乃欣然。口謾談三代，書才說一篇。

　　（卷十四，頁829）

兒（通倪）寬，西漢千乘人，為侍御史，見武帝語經學，上悅之，從問《尚書》一篇，擢大夫。見《漢書·兒寬傳》。

　　此詩首句以武帝（茂陵為代稱）不重視經學發興，反襯次句——兒寬一開口，帝便欣然欲聞。這十字十足提高了寬的身價。

　　三、四兩句，不免馳騁作者的想像力，「口謾談三代」，或亦寫實，然頗有「英雄欺人」的意味。末句之「才說一篇」，是譽寬博學？或諷帝「量」窄？

171. 劉　向

　　竊弓俱奮臂，窺鼎迭磨牙。同姓餘中壘，昌言抑外家。

（同上）

劉向，字子政，本名更生。爲中壘校尉，每召見，數言同姓疏遠，母黨專權，祿去公室，權在外家，非所以強漢宗，卑私門。見《漢書・劉向傳》。

後村把《漢書》本傳上的「母黨專權，祿去公室，權在外家」諸語，以想像力泡製後，吟成「竊弓」、「窺鼎」一聯，由「奮臂」到「磨牙」，愈描愈黑，愈擬愈然。

後二句轉爲寫實。「同姓餘中壘」五字，既剴切又充滿了反諷意味，這樣讀者才不致覺得後五字太質樸太乏詩味了。

172. 周　堪

舊僭臣學淺，晚召主恩深。莫鑑蕭張否，重來遂病瘖。

（卷十四，頁 830）

周堪，字少卿，西漢齊人。元帝即位，爲光祿大夫，與蕭望之並領尚書省事，爲石顯等所譖，免官，望之自殺。後復徵用，其弟子張猛爲大中大夫，復爲石顯等所譖，猛自殺，堪病不能言。見《漢書・五行志、儒林傳》。

按：首句「僭」應作「譖」，謂石顯輩進讒言也。次句寫「後復徵用」一事。三句把蕭望之、張猛遭譖而死的否運合一，對照周堪在夾縫中苟存的處境。四句「病瘖」二字完全寫實，卻又別有言外之意。

伴君如伴虎，周堪及一友一生，不過歷史洪流中之一例而已。

173. 鄭司農

新箋傳後學，古詩發先儒。不擬狂年少，燈前罵老奴。

（同上）

《後漢書・鄭玄傳》：玄字康成，北海高密人，遍注《周易》以下諸經，東漢末徵爲大司農，不就。《幽明錄・鄭玄老奴》：「王輔嗣注《易》，笑鄭玄云：『老奴甚無意。』夜久，忽聞外間有著履聲，須臾而入，自云是鄭玄，曰：『君少年，何以鑿文句，妄譏老子？』言訖而去，

輔嗣暴卒。」

前二句讚美鄭玄發先儒之意以啓後學。後二句譏笑王弼爲狂少，妄自笑罵前輩。此中闡發學術倫理甚佳。唯鄭玄既未受大司農之職，題目似應循例改爲「鄭玄」。

174. 王　通

當時三晉地，已有聖人生。不曉河汾氏，爲隋策太平。

（同上）

王通，隋河汾人，字仲淹。作《元經》及《中說》各十卷，前者或僞。

此詩大大推崇王通，以爲《中說》可爲孔孟聖賢之後嗣。

三晉指河汾，聖人指王通，一目了然。

後二句意謂隋主無目，不識今之聖人，可爲國家籌謀太平之策，惜哉！「河汾」、「三晉」隔句，不嫌意義重複。古今之頌揚王通者，當以後村爲最，可謂千年知音。

以上十人，合稱「十儒」，取材甚謹。

175. 孟之反

棄甲爭先去，收兵殿後回。但云馬不進，應自聖門來。

（卷十四，頁832）

《論語·雍也》：「子曰：孟之反不伐。奔而殿，將入門，策其馬，曰：非敢後也，馬不進也。」注：「魯大夫孟之側，與齊戰，軍大敗。不伐者，不伐其功。……孟之反賢而有勇，軍大奔，獨在後爲殿。人迎功之，不欲獨有，其名曰：『我非敢在後拒敵，馬不能前進。』」

此詩首二句對比他人與孟之反在戰場上的作風，一棄甲先逃，一最後撤退。三句實寫，四句賦予最高的評讚。

之反雖不自聖門來，卻被孔聖人稱許，又受後村此譽，不虛生一世矣。

176. 曹　沫

數戰數敗北，寧非戰略疏？收功一匕首，安用讀兵書？

（同上）

曹沫，魯人，事莊公，有戰績，齊師伐魯，沫戰三敗，公獻遂邑地以和，與齊盟於柯，沫持匕首欲劫桓公，慷慨陳詞，桓公遂盡歸魯之侵地，見《史記‧刺客列傳‧曹沫》。

後村把曹沫故事裁取最精彩的一部分大作文章。首二句似貶，卻正是爲後二句造勢。三句明快，四句似爲反質，實乃正褒。兵書是否須讀，在此不是重點，智、勇雙全才是標準答案。此詩含蓄而毫不晦澀。

177. 廉　頗

浪說三遺矢，猶堪一據鞍。君王不自試，耳目信人難。

（卷十四，頁833）

廉頗爲戰國趙大將，屢立奇功。悼襄王立，使樂乘代頗領軍，頗怒，攻走乘，亡至魏。後趙數困於秦，欲再用頗，使者得頗仇人郭開之賄，言頗年老，日常遺矢，遂不召。見《史記‧廉頗藺相如列傳》。

此詩妙處，端在以「三遺矢」與「一據鞍」對峙，令人解頤。而「矢」、「屎」同音假借，又可把它直解作丟了弓矢。末二句說出平實的至理名言，令人不禁聯想起漢元帝和王昭君的故事。

千古多少才人志士，都遭同樣命運，可發浩然一歎！

178. 李　牧

說客爲秦謀，君王信郭開。向令名將在，兵得到叢台？

（同上）

《史記‧李牧列傳》：「七年，秦使王翦攻趙，使李牧、司馬尚禦之。秦多與趙王寵臣郭開金，爲反間，言李牧、司馬尚欲反，趙王乃使趙蔥及齊將顏聚代李牧，李牧不受命，趙使人微捕得李牧，斬之，廢司馬尚。後三月，王翦因急擊趙，大破，殺趙蔥，虜趙王遷及其將顏聚，因滅趙。」叢台，趙王之宮。

　　首二句平實說出郭開趙臣而爲秦謀。三句雖未指陳李牧之名，「名將」何指，一目了然。末句用反詰句，較有力量。首句「說客」、次句「君王」、「郭開」、三句「名將」、四句「叢台」，串成一氣，詩意乃見。

179. 白　起

　　太息臣無罪，胡爲伏劍鋩？悲哉四十萬，寧不訴蒼蒼？

　　（同上）

白起，秦郡人，昭王時封武安君，善用兵，戰勝攻取，凡七十餘城，破趙，坑降卒四十萬，後與應侯有隙，免官，復賜死。見《史記・白起列傳》。

　　此詩用逆述法，首二句先寫白起之冤死，有功無罪，爲何伏誅？以秦將言，此固正理。但是後二句清算他的舊帳：坑趙卒四十萬，這四十萬冤魂若訴諸天公，寧不可因而誅起？這可說是「詩的正義」（poetic justice）。

　　兩問成詩，亦一佳法。

180. 蒙　恬

　　絕漠功雖大，長城怨亦深。但知傷地脈，不悟失天心。

　　（同上）

蒙恬，秦將，本齊人，始皇時將軍三十萬，北逐戎狄，收黃河以南靈、勝諸州地，修築長城，起臨洮，至遼東，復渡河據陽山，居外十餘年，威震匈奴，始皇崩，趙高矯詔賜恬死，自殺。見《史記・蒙恬傳》。

　　首二句把蒙恬一生功過都包羅了。絕漠苦戰，逐戎狄、震匈奴，北疆爲之安堵，實爲不世之功；築長城，爲衛國，但造怨亦深。孟姜女故事可見一斑。三句緊接二句：築城傷人亦傷地！末句乃後村春秋之筆，蒙恬因而失了天心！人、地、天，一張大羅網，名將亦難逃！

181. 魏　尚

　　塞外傳烽急，雲中調守難。誰爲帝言者？白髮老郎官。

　　（同上）

魏尚，雲中守，坐上功，因首虜差六級，削其爵。中郎署長馮唐以爲言，文帝令唐持節赦尚，復以爲雲中守。見《史記·馮唐列傳》。

　　此詩前二句先強調邊疆情勢之緊急，再重言此際調雲中太守不易。如何解決此一大難題？

　　三、四句慨然給出答案：白髮馮唐激切上告，文帝畢竟是明君，及時改正過錯，復魏尚原職，大勢乃定。

　　此詩二十字，不止敘事，且表揚了三人：魏尚勇，馮唐直，文帝英明。

182. 李　廣

　　飛將無時命，庸奴有戰勳。誰憐老衛尉，身屬大將軍。

　　（卷十四，頁 834）

李廣，漢成紀人，文帝時以擊匈奴有功，爲郎騎常侍，武帝時爲北平太守，猨臂善射，匈奴畏之，號飛將軍，避之數歲，不敢入右北平。廣行無部曲行陣，就善水草止宿，人人自便，不繫刁斗自衛，士卒樂爲用，與匈奴大小七十餘戰。然數奇，未得封侯。後從大將衛青擊匈奴，以失道，責廣之幕府對簿，遂自剄死。軍民皆哭泣。見《史記·李廣列傳》。廣失勢家居時，曾爲守城吏所斥。

　　此詩首二句以李廣與衛青霍去病相比，一神將，一「庸奴」，但一命否，一福深。三、四句更推進一步：老來猶爲衛尉，隸屬衛大將軍，因而受辱而死，天憐之乎！

　　古來寫李廣之詩多矣，此首應爲數一數二。

183. 馬　援

　　土室不堪處，其如瘴毒何？暮年款段馬，有愧少游多。

　　（同上）

《後漢書‧馬援傳》：「慷慨多大志，曰：「……當吾在浪泊西里間，虜未滅之時，下潦上霧，毒氣重蒸，仰視飛鳶，跕跕墮水中。臥念少游平生時語，何可得也？」

馬援爲光武帝大將，南征瘴蠻之地，甚爲艱苦，首二句即直述其事。後二句謂他暮年騎小型馬過餘生，有愧故人少游逍遙自得之志。

英雄暮年，每令人興歎。

184. 劉　琨

除卻祖生外，餘皆在下風。老奴口耳小，安得肖司空？

（同上）

劉琨，晉魏昌人，字越石，少有志氣，爲縱橫才，與祖逖契，嘗午夜聞雞相與起舞，初爲范陽王虓司馬，有戰功，封廣武侯，愍帝時拜司空，都督并、冀、幽諸軍事。元帝稱制江東，遣使勸進。建武初，與段匹磾共討石勒，石勒將遺書請叛晉，書爲匹磾得，遂收琨下獄，被害。見《晉書‧劉琨傳》。

首二句強調琨與祖逖惺惺相惜，並爲一代英豪。後二句以「老奴」稱段匹磾，「口耳小」，謂見事不明，判斷失誤。四句謂段安能匹劉，以此申不平之鳴。

全詩勻稱有力。以上爲「十勇」。

185. 廣成子

不能戰涿鹿，聊復隱崆峒。揮手謝軒帝，毋煩順下風。

（卷十四，頁 836）

廣成子，乃古之仙人，居崆峒山石室之中，黃帝聞而造訪，兩問至道之要及治身之要。見《神仙傳》卷一。

此詩抓住故事重心：隱者恆隱，不能爲帝王效勞。

首句說拒黃帝出仕，次句直述其隱淪。三句乃首句之重言，「揮手」一意象甚爲鮮明。四句又以不同的語言寫廣成子的節操風範：黃帝雖殷勤求教，吾則不敢煩汝順下風。揮手、順下風，對峙得十分自

然。首二句對仗亦不顯眼而妙。

186. 彭　祖

> 活得如彭老，憂愁八百春。頻爲哭殤叟，屢作悼亡人。

（同上）

彭祖爲上古有名的長壽人，據傳說：他足足活了八百年 —— 此非神仙而何？以今天醫學之發達，尚且無人超過一百五十歲，況古代乎！

　　此詩首句平平，次句卻平地一聲雷，令人吃驚：不是喜樂八百年，而是憂愁八百春！八百年漫漫歲月，人何以堪？

　　末二句補出一個重要訊息：頻爲哭殤、悼亡之人，有何生趣可言？此二句雖有合掌之嫌，因爲全詩主旨所在，固亦不妨。

187. 老　子

> 了不見矜色，晬然眞德容。先生新沐髮，弟子歎猶龍。

（同上）

這首詩是後村吸收、消化了老子哲學後所作。

　　前半正寫他的容貌。因爲出乎想像，著重象徵意味，故並未描繪他實際的形貌。不見矜色，晬然德容，十字可當百字用。這是老子，柔弱勝剛強，謙卑勝驕矜，自我主張，自己實踐。「晬然」二字極切。

　　三句又馳其平穩的想像力：老子沐髮後，又一新耳目，故弟子驚爲神人。其實「老子其猶龍乎！」是私淑弟子孔子讚嘆老子的話，用在此處，恰到好處。

188. 列　子

> 肉身無羽翼，那有許神通？會得泠然意，人人可御風。

（同上）

這首詩與其題爲「列子」，還不如改爲「列子哲學」。因爲比起老子，列子的生平、形貌更不可知。本詩所據以發揮的，不過是《莊子·

逍遙遊》中的「列子御風而行，泠然善也。」泠然，輕妙之貌。

　　首二句平實說理：列子亦為人，身無羽翼，真能有飛天之神仙本領？

　　末二句可謂莊、列知音：無羽翼亦無關緊要，人若能心悟，得輕妙自得之意，則人人可以御風而行，得大自由，得大逍遙。

　　平中見奇，此詩有之。

189. 徐　甲

　　白骨因誰活？青牛與爾俱。未酬再生德，更索積年逋。

　　（同上）

《列仙傳‧老子僕徐甲》：「老子西度關，關令尹喜知其非常人，從之問道。老子大驚，吐舌聃然，故號老聃。老子耳有三漏，手握十文。其僕徐甲，約日直百錢，自云隨二百年，計欠七百二十萬錢。甲詔關令，索所欠。令問老子，對曰：『甲久應死，吾以太玄清生符救之，得至今日。』使甲張口向地，符出，丹書文字如新，甲立成一聚枯骨。令知老子神異，叩頭請命，復以符投骨上，甲乃復生。」

　　此詩根據一個神話故事，悠悠說來，配上老子過關所騎青牛，頗為生色。後二句有責備徐甲意，亦可視作後村的幽默感。

190. 王子晉

　　宿有驂鸞約，飄然邁碧霄。不為君主弁，卻伴女吹簫。

　　（卷十四，頁837）

王晉，周靈王太子，字子喬，本姓姬，以直諫廢為庶人。好吹笙作鳳鳴，遊伊洛之間，道士浮丘生接晉上嵩高山，三十餘年，後見桓良，曰：「可告我家，七月七日候我於緱山巔。」至期，果乘白鶴駐山頭，可望不可到，舉手謝時人，數日方去。見《列仙傳》。又有伴女吹簫仙去之傳說。

　　首句言子喬（王晉）有仙緣，二句足成之。三句側寫諫而受廢之事，四句寫他的風流逸事。四句三義，其實渾然為一。

191. 安期生

子羽徒扛鼎，其如欠轉圜。不能決王霸，聊去作神仙。

（同上）

《史記‧田儋列傳》：「通善齊人安期生。安期生嘗干項羽，項羽不能用其策。已而項羽欲封此兩人，兩人終不肯受，亡去。」又〈封禪書〉直謂安期生仙者。

首二句批評項羽力大無比，在思慮上卻缺乏睿智，不知用賢，「羽」上加「子」，恐有「孺子不可教也」之隱含義。三、四句正寫安期生，不能入世爲王霸業，只好出世作神仙矣。「聊去作」三字有神。

192. 劉　安

忽棄國中去，疑爲方外遊。早知守都廁，何似莫仙休？

（同上）

《太平廣記卷八‧劉安》：「安少習尊貴，稀爲卑下之禮，坐起不恭，語音高亮，或誤稱寡人，於是仙伯主者奏安，云不敬，應斥遣去八公，爲之謝過，乃見赦，謫守都廁三年。」安爲漢室後裔，封淮南王，有「雞犬昇天」之傳說。

此詩把兩種有關劉安的傳說融合在一起，造成「是耶？非耶？」的效果。由「忽棄」到「疑爲」，由「早知」到「何似」，一步一進，而旨趣乃見：仙乎？廁乎？人間萬事，莫可前測，亦未必能後知。試問：到仙界守大廁，究竟是何滋味？

193. 梅　福

忽去爲吳卒，深逃安漢公。翻身天地外，脫屣市朝中。

（同上）

梅福，漢壽春人，字子眞，少學長安，明尚書、穀梁春秋，爲郡文學，補南昌尉。後棄官家居，讀書養性。成哀之世，數上書言事。元始中王莽專政，福一朝棄妻子去之九江，傳以爲仙。其後有見福

於會稽者，變姓名爲吳市門卒云。見《漢書·梅福傳》。

前二句簡述梅福生平要事：唾棄王莽，寧爲吳市門卒。後二句可謂神來之筆：翻身天地外是成仙，脫屣市朝中是爲卒，對仗得工，也對比得巧。神仙可在天邊，也可在市朝中，變化如龍，見首不見尾。

194. 孫思邈

　　藥品用昆蟲，遂虧全活功。至今仙未得，只在蜀山中。

　　（同上）

《太平廣記卷二一·孫思邈》：「嘗有神仙降，謂思邈曰：『爾所著《千金方》，濟人之功亦已廣矣。而以物命爲藥，害物亦多，必爲屍解之仙。不得白日輕舉矣。……』其後思邈取草木之藥以代虻虫水蛭之命，作《千金方翼》三十篇，每篇有龍宮仙方一首行之於世。及玄宗避羯胡之亂，西幸蜀，既至蜀，夢一叟鬚鬢盡白，衣黃襦，再拜於前，已而奏曰：『臣孫思邈也，廬於峨眉山有年矣。』」

此詩巧用孫氏用動物作藥有殺生之過，故不能白日輕舉事，以諭人必慎行，否則即有仙骨亦難成仙。「只在蜀山中」，安知非仙居也？是邪非耶？但至少後村仍把他當作「十仙」之一，聊附老子、列子等的驥尾。

195. 瞿　曇

　　世傳漢明帝，始夢見全身。曷不觀《列子》？西方有聖人。

　　（卷十四，頁839）

瞿曇，釋迦牟尼之姓氏，即指如來佛。

世傳漢明帝夢見全身巨人，即佛也。此爲佛教東來之始。二句已爲如來點題。

後二句更上推到《列子》書中「西方有聖人」的記載，以爲旁証。

此詩未說實質問題，空泛頌佛，未免落寞。

196. 維　摩

面色削瓜黃，眉毫覆雪長。安知四天下？只在一禪床。

（同上）

維摩詰，父名淨名，與釋迦牟尼同時，古印度毗耶離城居士，精佛法。四天，《法苑珠林》卷五：「第三無色界中有四天，一名空處天，二名識處天，三名無所有處天，四名非想非非想處天。是名三界，總有三十二種天也。」

首二句半據維摩詰畫像，半用想像，寫照得十分傳神：削瓜與眉毫對，黃與雪對，但運作得十分活潑。

後二句故神其事：四天可不知，三十二種天也可不知，一禪床方為根本！

197. 善　財

放勛訪吾叔，魯叟問弘聃。所以此童子，諸方亦遍參。

（卷十四，頁840）

善財，釋迦牟尼弟子。《華嚴經·入法界品》：「以何因緣名曰善財？此童子者初受胎時，於其宅內有七大寶藏，其藏普出七寶樓閣……以此事故，婆羅門中善明相師字曰善財。」又，善財問法於五十三參善知識。放勛，謂唐堯。

此詩名為善財，實遍舉古今聖賢之不嫌遍問。堯訪乃叔，孔子請教老子。善財童子莫非亦效先聖先賢，故能遍問遍參？

「所以」二字，若有若無。

198. 達　摩

直以心為佛，西來說最高。始知周孔外，別自有英豪。

（同上）

達摩，天竺僧，香至王第三子，修大乘佛法。宋齊間至廣州，廣弘佛法。後入北魏，於嵩山少林寺面壁九年，世稱觀壁婆羅門，為禪宗初祖。

此詩極為平實：首二句闡明佛心，並讚許其為最高明之和尚。

末二句以儒比佛，不作左右祖。以「英豪」稱達摩，亦是一說。「始知」、「別自」，別有經營。後村於儒、佛之態度，於此思過半矣。

199. 盧　能

　　明鏡偷神秀，菩提犯臥輪。更將舊衣鉢，占斷不傳人。

　　（同上）

盧能，即慧能，禪宗六祖，南宗創始者。謁禪宗五祖於黃梅，作偈曰：「菩提本無樹，明鏡亦非台。本來無一物，何處惹塵埃？」弘忍秘傳法衣。後懼人爭奪，歸至嶺南，隱十六年，見《景德傳燈錄》卷八。

　　首句謂「菩提」「明鏡」一偈，使師兄神秀相對失色，因而得傳衣鉢，「偷」字太辣！次句亦言菩提無樹之旨。

　　三、四句似謂慧能有私心，占斷師傳之衣鉢，隱藏不出。此詩寫慧能，迥不同於常人，寓褒於貶，若貶若褒。「犯臥輪」三字略費解。

200. 馬　祖

　　若非大氣魄，只是小機鋒。老子一聲喝，學人三日聾。

　　（同上）

馬祖道一，唐漢州什邡人。居鍾陵開元寺傳佛法。有《江西大寂道一禪師語錄》，見《景德傳燈錄》卷六。又《五燈會元》卷十八〈張商英居士〉：「遂作一頌曰：『馬師一喝大雄峰，深入髑髏三日聾。』」按：馬祖之喝，佛界聞名。

　　此詩前二句，以「大氣魄」對「小機鋒」，突出馬祖之「大」。後二句巧妙地把「深入髑髏三日聾」轉化為「學人三日聾」，一取其廣，一除其怪。「老子」乃引申「大氣魄」，暗喻「大雄峰」。

201. 德　山

　　此老手中棒，輕輕也有瘢。佛來與三十，某甲莫須餐。

　　（同上）

德山，即唐僧宣鑑，曾住德山三十年，世稱德山。《五燈會元》卷七：
「鼎州德山宣鑑禪師，簡州周氏子。……大中初，武陵太守薛廷望再
崇德山精舍，號古德禪院。……示眾曰：『今夜不答話，問話者三十
棒。』時有僧出禮拜，師便打，僧曰：『某甲話也未問，和尚因甚麼
打某甲？』師曰：『汝是甚麼處人？』曰：『新羅人。』師曰：『未跨
船舷，好與三十棒。』」

德山之棒，與馬祖之喝，同為佛門二絕。此詩前二句輕輕寫棒，
卻落得有瘢。後二句乾脆誇張一氣：如來佛，也要打三十棒，何況某
甲！豈不聞眾生平等乎？妙哉，妙哉！

202. 支　遁

若以色見我，幾於貌失人。林公少鬚髮，澄觀欠冠巾。

（卷十四，頁 841）

支遁，《高僧傳》卷四：「支遁字道林，本姓關，陳留人，或云林慮人。……
年二十五出家。……以晉太和元年閏四月四日終於所住，春秋五十有
三。」澄觀，唐之高僧，華嚴宗第四祖，德宗賜號清涼法師。見帝不
著巾冠。

首二句泛說「以貌失人」之理。三句說支遁，四句說澄觀，二
人貌不甚俊壯，不冠不履，但自是一代大師。支遁於晉代，出入儒
佛道之間，遍交士林人物，解經解莊，幾無人能及，鬚髮何足道哉！

203. 澄　公

值亂行何適？隨緣住亦安。能將石虎輩，只作海鷗看。

（同上）

澄公，即佛圖澄，《晉書·佛圖澄傳》：「又使司空李農旦夕親問，
其太子諸公，五日一朝，尊敬莫與為比。支道林在京師，聞澄與諸
公游，乃曰：『澄公以其季龍為海鷗鳥也。』」季龍，即石勒子石虎
字。

按：佛圖澄與石虎君臣交遊，虎雖殺人不眨眼之輩，卻極敬重澄。人

咸異之。林公不愧爲澄公知己。

首二句言僧家隨緣住止，治世、亂世如一。

末二句引支遁語而小變之：「能」字打頭，「只作……看」收尾，可謂天衣無縫。

204. 志　公

寺甲於江左，身迎入禁中。如何淨居寺，餓殺老蕭公。

（同上）

志公即寶志。《南史・陶弘景傳》：「時有沙門釋寶志者，不知何許人。有於宋太始中見之。出入鍾山，往來都邑，年已五六十矣。……永明中，住東宮後堂。……梁武帝尤深敬事。……雖剃鬚髮，而常冠下裙帽納袍，故俗呼爲志公。好爲讖記，所謂〈志公符〉是也。」又，梁武帝蕭衍，於太清三年五月餓死淨居殿，見《資治通鑑》卷一六二。

名寺名僧，後入宮中居，前十字括志公一生。後一事雖發生於同時代，本與志公無關。乃借題發揮，借事興慨。蕭衍信佛，卻餓死，淨居殿疑亦佛寺。人世參伍，每多不可思議：僧居宮殿中，帝死佛寺中！組合二者，便成詩源。

以上爲「十釋」──十大和尚也。

205. 衛　姜

俱著錦衣裳，憑誰辨綠黃？可憐君耄矣，賢嬖不賢姜。

（卷十四，頁843）

《毛詩註疏》卷三：「綠衣，衛莊姜傷己也。」〈綠衣〉詩中有「綠兮衣兮，綠衣黃裳。」句。又謂：「莊姜，莊公夫人，齊女，姓姜氏。」「〈燕燕〉，衛莊姜送歸妾也。莊姜無子，陳女戴嬀生子名完，莊姜以爲己子，莊公薨，完立而州吁殺之。戴嬀於是大歸，莊姜遠送之於野，作詩見己志。」綠衣黃裳：綠間色，黃正色，間色爲衣，正色爲裳，喻妾上僭、夫人失位。

這本是一個複雜的故事，後村只取其前半加以吟詠。前二句譏尊

卑失序，後二句直斥莊公不重賢而幸嬖。而未細抒莊姜之行爲及心情。全詩點到爲止，餘音繞樑。

206. 阿　嬌

甫聞阿嬌進，又報衛娘留。莫傳金爲屋，重重只鎖愁。

（同上）

阿嬌，即漢武帝陳皇后，傳見《漢書‧外戚傳》。小字阿嬌，童年即與武帝好，帝曾有「金屋藏嬌」之許諾，見《西京雜記》。衛娘，即衛子夫，陳后廢，立爲后。亦見《漢書‧外戚傳》。

帝王多慾多寵，一皇后甚少能長久至終。青梅竹馬之陳阿嬌，仍比不過新寵衛子夫。此詩前二句直述，後二句巧用「金屋藏嬌」典故而爲阿嬌抒愁。末五字尤其痛切感人。

207. 烏孫公主

玉座吞聲別，氈車觸目悲。如何漢公主，去作虜閼氏？

（卷十四，頁844）

鄭樵《通志》〈烏孫公主〉：「漢武帝以江都王女細君爲公主，嫁昆孫昆彌。至其國，則治宮室，歲時一再會，公主悲怨，而作是詩。」

按：烏孫公主故事，略似昭君故事，唯以他人之女爲冒牌公主耳。且與帝尚有一年一會之機會。

首二句實寫：「玉座」、「氈車」，對比得巧，全句對仗亦佳。後二句似對非對，然意思仍是強烈的比襯。

「漢公主」、「虜閼氏」，鮮明如畫。

以此代表和番之典型，故其後不吟昭君矣。

208. 平　后

歆已作佐命，雄甘爲大夫。獨餘黃室主，不肯面新都。

（同上）

平后，王莽女，爲漢平帝皇后。立歲餘，平帝崩，后年十八，莽欲嫁

之，更號爲黃皇室主。莽滅，后投火死。歆謂劉歆，雄指揚雄，二人皆事新朝。

此詩以劉、揚二位大學者比照平后，說人間貞節之不易得。

先自二臣說起，三句方入主體，亦一技也。

四句「不肯面新都」，卻是把平后故事擴大了，轉化了，原來只是平后不肯事二夫，後村卻把它改變爲不肯叛漢歸新。可謂妙入毫芒！

209. 辟司徒妻

倉皇問君父，忠孝兩關心。絕勝杞良婦，惟知哭藁砧。

（同上）

《左傳》成公二年：「齊侯見保者曰：『勉之，齊師敗矣。』辟女子曰：『君免乎？』曰：『免矣。』曰：『銳師徒免乎？』曰：『免矣。』曰：『苟君與吾父免矣，可若何？』乃奔君。齊侯以爲有禮。既而問之，辟司徒之妻也。」辟司徒，主壘壁者。

按：此女在國敗之時，問君問父安否，而不問夫君。「奔君」示其忠，亦曲包其孝。故二句以「忠孝兩關心」立說。後二句以孟姜女哭夫倒長城故事爲對照，賢否立分。

以世情人性而論，孟女哭夫，乃發乎自然，非不忠不孝，若以此揚彼，未嘗不可；若以彼貶此，則大可不必。

210. 冀缺妻

昔有二人貧，耕田與負薪。朱妻恚求去，卻婦敬如賓。

（同上）

《左傳》僖公三十三年：「初臼季使過冀，見冀缺耨，其妻饁之。敬相待如賓。與之歸，言諸文公。」朱妻指朱買臣妻，冀卻即冀缺。

此詩作法，略同前二首。〈平后〉以二比一，此詩與〈辟司徒妻〉則以一比一。

朱買臣五十猶賣薪維生，妻去之，冀缺自耕，妻不離不棄，敬愛有加。二婦若有天淵之別。

四句參差錯伍，而詩旨了然灼然。

211. 黔婁妻

夫節獨高古，妻賢傳至今。既爲加美謚，復不用邪衾。

（同上）

黔婁，春秋齊人，修身清節，不求仕進。魯恭公欲以爲相，齊威王聘爲卿，俱不受。齊每有敵至，王輒徒步詣之，遂得解危，國人莫測。貧甚，及卒，衾不蔽體，曾西曰：「斜其被則斂矣。」其妻曰：「斜之有餘，不若正之不足。死而斜之，非其志也。」曾子不能答。著書四篇，言道家之務，號黔婁子。其妻私謚曰康。見《列女傳》、《高士傳》。

前二句明白褒揚，毫不假借。後二句正寫黔婁之「賢」：一言說，一行動。貧窮夫婦，其賢明如此，無以復加矣。

212. 齊人妻

不敢怨夫子，徒悲誤妾身。安知同穴者，乃是乞墦人？

（卷十四，頁 845）

《孟子·離婁》：「齊人有一妻一妾而處室者，其良人出，則必饜酒肉而後反。其妻問所與飲食者，則盡富貴也。其妻……蚤起，施從良人之所之，徧國中無與立談者，卒之東郭墦間之祭者，乞其餘，不足，又顧而之他，此其爲饜足之道也。」

首二句溫柔敦厚，怨而不怒：其實是夫子誤妾身五字之衍寫。後二句巧用「同穴者」，上應夫子，下啓「乞墦人」。依然是婉約含蓄，淚在睫內而不墜。

213. 孺仲妻

彼雖飾容服，吾稱業耕鋤。不以貧慚富，賢哉婦儆夫。

（同上）

《後漢書‧王霸妻傳》：「太原王霸妻者，不知何氏之女也。霸少立高節，光武時連徵不仕，霸已見〈逸人傳〉，妻亦美志行。初，霸與同郡令狐子伯爲友，後子伯爲楚相，而其子爲郡功曹。子伯乃令子奉書於霸，車馬服從雍容如也。霸子時方耕於野，聞賓至，投耒來歸，見令狐子，沮怍不能仰視。……妻曰：『君少修清節，不顧榮祿。今子伯之貴，孰與君之高？奈何忘宿志而慚兒女子乎？』霸屈起而笑曰：『有是哉！』遂共終身隱遁。」霸字儒仲，太原廣武人。

此詩循著史書的記載，描寫王霸子與子伯子見面的時的情狀，而省略「沮怍」之態。「飾容服」與「業耕鋤」的對比，鮮明而深刻。後二句點明主題，甚爲完滿。

214. 廬江小吏妻

尊嫜有嚴命，妾不應從夫。去去猶回首，諄諄別小姑。

（同上）

後漢焦仲卿妻劉氏爲婆所遣，時人傷之，作〈孔雀東南飛〉一詩紀其事。

此詩首二句直述焦仲卿出妻之因緣。後二句寫此婦劉氏離家依依不捨之態，末句「諄諄別小姑」細描她情意綿綿之婦德。「去去」、「諄諄」一雙複字詞，訴盡劉氏之賢淑與委屈。以上爲「十婦」。

215. 召南媵

貴賤有定分，勤勞無怨心。若令逢呂武，亦化作姜任。

（卷十四，頁 847）

召南媵，見《詩‧召南‧江有汜》：「江有汜，美媵也。勤而無怨，嫡能悔過也。」

此詩寫召南媵之委屈與賢慧。古制同族或本家之女性陪嫁同事一夫，有位應陪嫁的女孩被忽略了，沒被帶去，後來正夫人悔悟，才又把她迎娶。故在「定分」之下，寫她的勤而無怨，有淑女之德。

後二句乃假設之詞：如此好女子，若逢呂武，當可成姜任——貴

族正妻也。

216. 李夫人

恍忽疑如在，纏綿愛未休。明知已仙去，猶欲出神求。

（卷十四，頁848）

《漢書・郊祀志》：「齊人少翁以方見上，上有所幸李夫人，夫人卒，少翁以方蓋夜致夫人及竈鬼之貌云……天子自帷中望見焉，迺拜少翁爲文成將軍，賞賜甚多。」

按：此事有武帝作〈李夫人歌〉：「是邪非邪？立而望之，偏何姍姍其來遲。」

此詩把武帝的十五字改寫爲五絕：首尾俱全，因果了然。首二句可當三句，後二句則在「明知」、「猶欲」之間，進一步描畫出漢武帝之癡迷與傻勁：他其實是被方士惑亂了！

217. 馮昭儀

獸不能加害，傾身障赭紅。安知丁與傅，他日鷙於熊？

（同上）

《漢書・外戚傳》：「孝元馮昭儀，平帝祖母也。元帝即位二年，以選入後宮。……馮婕妤內寵與傅昭儀等。建昭中，上幸虎圈鬥獸，後宮皆坐。熊佚出圈，攀檻欲上殿，左右貴人、傅昭儀等皆驚走，馮婕妤直前當熊而立，左右格殺熊。上問人情驚懼，何故前當熊？婕妤對曰：『猛獸得人而止，妾恐熊至御坐，故以身當之。』元帝嗟歎，以此倍敬重焉。」

此事既載諸正史，當是實事，馮昭儀雖不是女中武松，其鎮靜和勇氣殊屬難得，故後村擇而表揚之。

首二句直抒，以「赭紅」喻帝。「不能加害」，蓋亦敬其勇也。三、四句一轉：謂人間奸佞，有甚於獸者：漢哀時之外戚丁氏、傅氏，馮昭儀亦能擋之乎？借題興慨，亦後村慣技也。

218. 班婕妤

妾命薄如紙，君恩冷似冰。生當事長信，死願奉延陵。

（同上）

《漢書·外戚傳》：「孝成班婕妤，帝初即位選入後宮。……趙氏姊弟驕妒，婕妤恐久見危，求共養太后長信宮，上許焉。……至成帝崩，婕妤充奉園陵，薨，因葬園中。」成帝葬於延陵。

此詩先述君臣關係：薄如紙、冷似冰，何其切，何其酷！末二句實寫其遭際：生事太后，死陪先帝。一詩之中，人之一生囊括焉。

219. 蘇秦隣妾

主命亦危矣，媼謀眞拙哉。煩君賜妾杖，嗔妾覆君杯。

（同上）

《史記·蘇秦列傳》：「蘇秦曰：『……君聞客有遠爲吏而其妻私於人者，其夫將來，其私甚憂之。妻曰：『勿憂，吾已作藥酒待之矣。』居三日，其夫果至，妻使妾舉藥酒進之，妾欲言酒之有藥，則恐其逐主母也。欲勿言乎，則恐其殺主父也，於是乎詳（佯）僵而棄酒。主父大怒，笞之五十。故妾一僵而覆酒，上存主父，下存主母，然而不免於笞，惡在乎忠信之無罪也？」

按：此爲蘇秦之寓言，後村亦取其寓意而不究其虛實。

此詩首二句譏斥鄰妻之惡之拙，三、四句表揚妾之美德及機智。十字寫透善人爲善之無怨無悔。「煩」、「嗔」二字，皆度得好。

220. 樊通德

妝束姑隨世，風流亦動人。等閑擁警語，千載尚如新。

（同上）

樊通德，後漢伶玄之妾，有才色，知書，慕司馬遷《史記》，能言趙飛燕故事，伶玄聽之不倦。嘗謂玄曰：「夫淫於色，非慧男子不至也。慧則通，通則流，流而不得其防，則百物變態爲溝爲壑，無所不往焉。……今婢子所道趙后姊弟事，盛之至也，主君悵然有荒田野草

之悲，衰之至也。婢子拊形屬影，識夫盛之不可留，衰之不可推，俄然相緣奄忽，雖婕妤聞此，不少遣乎？」見《趙飛燕外傳》。

此詩前二句讚通德美而不妖，自然動人。末二句以「擁警語」、「等閑」（反言也）形容她的嘉言，四句玉成之。

221. 銅雀妓

誰謂曹瞞智？回頭玉座空。向來台上妓，盡入洛陽宮。

（卷十四，頁 849）

按：曹操在鄴都築銅雀台，揚言南征東吳，取江東二喬置入台中。

杜牧曾有〈赤壁〉一詩吟此：「東風不與周郎便，銅雀春深鎖二喬。」

後村此詩卻自另一面立言：曹何瞞聰明絕頂，這件事卻大錯特錯，百年之後，不但二喬未得，台上諸妓，盡入洛陽宮中，曹丕也許代父享受了吧。

一首諷刺之詩，卻寫得溫柔婉約。

222. 房　老

殘香猶在笥，舊曲常書裙。不及新歌舞，樽前奉主君。

（同上）

王嘉《拾遺記》卷八：「石季倫愛婢名翔風，魏末於胡中買得之。年始十歲，使內房養之，至十五，無有比其容貌。……翔風年三十，妙年者爭嫉之，或言胡女不可為群，競相排毀。崇受譖潤之言，即退翔風為房老，使主群少。乃懷怨懟而作五言詩曰：『春華誰不羨？卒傷秋落時。突煙還自低，鄙退豈所期。桂芳徒自蠹，失愛在蛾眉。坐見芳時歇，憔悴空自嗤。』」

翔風之失寵，固由他女譖毀，亦因石崇喜新厭舊。此詩首二句殘香舊曲成對，「書裙」尤雅。末二句意指乃命運使然，莫可奈何！

223. 綠　珠

向來金谷友，至此散如雲。卻是娉婷者，樓前不負君。

（同上）

石崇於河南金谷別墅設詩會，世稱「金谷會」，賓客如雲，賦詩飲酒，盛極一時，及被收押，乃樹倒猢猻散矣。首二句寫此事。末二句以「娉婷者」形容綠珠，她獨能為主跳樓以殉，鬚眉不如也。杜牧〈息夫人〉詩有「可憐金谷墜樓人」詠息夫人兼及綠珠。

當然，石崇於綠珠之恩愛，遠過於對待諸文士，何況石崇之死，亦由紅顏，故為之而身殉，不亦宜乎！「金谷」，「樓前」，前後映照。

224. 柳家婢

忽見牙郎態，吁嗟悔失身。不虞小婢子，曾是柳家人。

（同上）

孫光憲《北夢瑣言‧柳婢譏蓋巨源》：「唐柳僕射仲郢鎮郪城，有一婢失意，將婢於成都鬻之蓋巨源使君，乃四川大校，累典雄郡，宅在苦竹溪。女儈具以柳婢言導蓋公，欲之，乃取歸其家。女工之具悉隨之，日夕賞其巧技。或一日，蓋公臨街窺窗，柳婢在侍，通衢有鬻綾羅者從窗下過，召婢就宅。……柳婢失聲而仆……翌日而瘳。詰其所苦，青衣曰：『某雖賤人，曾為柳家細婢，死則死矣，安能事賣絹牙郎乎？』」

此詩藉一小故事寫柳婢之自尊心。其實由這故事的情節看來，柳婢可能是誤會蓋公要鬻之於牙郎。無論如何，詩人拈之成什，亦自為天下婢妾發聲。以上為十妾。

卷十五

225. 毛　遂

兩國爭衡際，諸君袖手觀。犖然著珠履，誰肯捧銅盤？

（卷十五，頁 853）

毛遂，趙平原君之門客。趙與楚合從，毛遂自薦，請從使楚。楚王不肯合從，遂按劍上殿，謂楚王十步之內命懸遂手。楚王聽之，遂捧銅盤歃血而定從。見《史記‧平原君列傳》。

　　首二句寫眾臣群門客之漠然，之束手無策。三句繼之，反諷味十足。四句直詰，更彰顯毛遂智勇雙全、卓犖不群。袖手、著珠履、捧銅盤，一氣呵成。而且前後四句兩兩相對。

226. 荊　軻

把袖謀幾售，開圖計忽窮。空遺千古恨，不中祖龍胸。

按：荊軻刺秦始皇事，千古傳頌。見《史記‧秦始皇本紀》。

　　後村把這個故事用簡潔的筆墨寫出來：把袖欲刺、圖窮匕現，是倒裝；不中秦王，千古遺恨，亦是逆述。

　　「幾」、「忽」、「空」、「不」，四字貫穿情節的脈絡，令人讀之悲苦。

227. 項　羽

頓無英霸氣，尚有婦兒仁。聞漢購吾首，持將贈故人。

（卷十五，頁854）

按：項羽雖一代英豪，但垓下之圍，四面楚歌，面對虞姬而泣下，首
二句即寫此。

後二句乃據《史記‧項羽本紀》所記：羽被圍垓下，身被十餘創，
顧見漢騎司馬呂童曰：「若非吾故人乎？」呂童面之，指王翳曰：「此
項王也。」項王乃曰：「吾聞漢購我頭千金，邑萬戶。吾爲若德！」
乃自刎而死。

全詩如素描好手，知所剪裁取象，項羽一世英名，乃於此停格。
「頓無」、「尚有」、「聞（漢）」、「持將」，脈絡分明。

228. 陳　勝

辛苦傭耕久，饑寒謫戍餘。竟令秦失鹿，首爲漢敺魚。

（同上）

《史記‧陳涉世家》：勝字涉，少與人傭耕隴上，嘗曰：「苟富貴，無
相忘。」秦二世元年七月起義反秦，據陳，自立爲張楚王。雖僅存六
月，然其所置遣侯王將相竟亡秦，蓋陳勝爲首事者。「秦失其鹿，天
下共逐之」，見《史記‧淮陰侯列傳》，「爲淵敺魚者獺也」，見《孟子‧
離婁》上。

此詩標舉秦末首義英雄陳勝，以爲功在不刊。

首二句寫他的出身，隱示素志。後二句巧用成語，合成天衣無縫
之對句，與前二句互相映照，而主題已了然可觀。妙手天成，此之謂
也。

229. 博浪壯士

殿上俄流血，沙中竟脫身。乃知燕刺客，有愧漢謀臣。

（同上）

張良見倉海君，得力士，爲鐵椎百二十斤，擊秦始皇於博浪沙，中副

車。倉海在高麗南、大海西，可推知力士爲燕人，但「燕刺客」仍應指荊軻，與首句呼應。

首句推出荊軻刺秦王政事，以與博浪沙刺秦王而得脫身之張良、力士相比。三句緊接：謂荊軻、張良及力士，同一豪舉，同樣失敗，但一殉身，一逃脫，故曰「有媿」，漢謀臣自指張良。三句亦可視作雙關語。若「燕刺客」單指博浪壯士，似亦可。

230. 朱　家

貴不見渠面，危曾活爾身。奈何施一飯，便責翳桑人？

（同上）

《史記・遊俠列傳》：朱家，魯人，以俠聞，所藏活豪士百數，傭人不可勝言。然終不伐其能，趨人之急，甚己之私，關東莫不延頸欲交之。翳桑人，指靈輒，趙宣子所食者，食則舍其半，問其故，曰：「請以遺母。」因與之簞食與肉。後靈公伏甲攻宣子，倒戟以禦公徒而免之。見《左傳・宣公二年》。

此詩寫朱家，卻全自靈輒著筆。謂趙宣子雖養輒於翳桑，並不熟識其人，他卻臨危報恩。後二句似謂宣子責人報惠，其實乃輒自爲也。後村以此事反襯朱家之助人濟人而不求報，乃是以藍彰青之法。

231. 田　橫

南面稱孤貴，西京謁帝卑。誰能如李密，更望一台司。

（同上）

《史記・田儋列傳》記田橫自立爲齊王，漢滅項羽，橫與其徒五百餘人入居海島，漢赦罪召之，橫詣洛陽，未至自殺，五百餘人亦皆自殺。又李密歸唐，求爲一台司，見《新唐書・李密傳》。

此詩文是以一異代人物比匹主角。首二句作了最鮮明的對比：稱王何等尊貴，謁帝何等卑屈，最後終於殺身以自全。相對而言，李密本亦一王者之尊，卻投降唐室，求一台司，方之田橫，眞有雲泥之別。

此詩未及五百人，似為一憾，亦可視作盡在不言中。

232. 劇　孟

向令從七國，是自列陪臣。太尉空稱賞，非知劇孟人。

（卷十五，頁 855）

《史記・遊俠列傳》：「洛陽有劇孟，周人……吳楚反，時條侯為太尉，乘傳車將至河南，得劇孟，喜曰：『吳楚舉大事而不求孟。吾知其無能為已矣。』天下騷動，宰相得之，若得一敵國云。」

按：劇孟為一代名俠名臣，惜不遇。此詩前二句乃假設之辭，欲以此
　　彰顯其身價。三、四句根據《史記》的記載，把他的價值再強調
　　一次，並惋惜周亞夫能稱賞劇孟而未能重用他，使他一展長才。
　　世間如此憾事，亦司空見慣，仍足發人一歎。一句之「向令」、
　　三句之「空」，俱見匠心。

233. 孫　策

魚服俄離網，龍泉忽缺鋩。卻將江左業，分付紫髯郎。

（同上）

孫策，孫堅子，甚勇毅，初從袁術，術僭王號，絕之，遂定江東地，會曹袁相攻，擬襲許昌迎獻帝，未發，遇刺卒，弟孫權繼其業。見《三國志・孫策傳》。魚服：伍子胥謂吳王夫差曰：「昔白龍下清冷之淵，化為魚，豫且射中目。白龍不化，豫且不射。今君棄萬乘之位，而從子臣，恐有豫且之患。」見〈張衡東京賦〉注。

　　此詩惜孫策壯志未酬而先死。首二句喻策為龍，竟遭人刺，次句足成之。末二句寫他將江東大計付諸紫髯弟孫權。「卻」字中有惋惜有讚許。

234. 周　戴

戴昔劫名士，周嘗暴里人。少年一蕩子，晚歲兩忠臣。

（同上）

周戴，指周處、戴逵。一曾橫暴鄉里，省悟後日除三害，一曾劫陸機而被勸服，後皆改節自勵，成爲晉朝名臣大將。見《晉書》本傳及《世說新語·自新》。

首句說戴逵，次句寫周處，皆簡而有度。

三句四句合述二人：由蕩子而忠臣，不過一念之間耳。全詩四句，兩兩對仗，極爲工切。

千古浪子，一回頭金不換，此詩可樹立典範。

以上爲「十豪」，各人背景不同，事蹟亦異，但十一人皆爲一時豪傑。

235. 鬼谷子

遺書今羽化，傳者非眞書。此老縱橫祖，儀秦得緒餘。

（卷十五，頁857）

《直齋書錄解題》卷十：「《鬼谷子》三卷，戰國時蘇秦、張儀所師事者，號鬼谷先生，其地在潁川陽城，名氏不傳於世。」

此詩鋪敘鬼谷子一生，寥寥數語，要義盡在。

首句謂遺書已羽化，正暗示其人之羽毛豐滿，二句更明說流傳之《鬼谷子》非眞書（《唐書藝文志》甚至說它是蘇秦所著）。三句定其身分：縱橫家之祖師也，四句補足其義：張儀、蘇秦只不過得其緒餘而已。

首句「遺書」、次句「眞書」重複一「書」字，首句之「書」或可改「文」。

236. 二 衍

雖以賓師待，幾於妾婦然。不羞君割地，謾對客談天。

（同上）

二衍，指鄒衍、辛垣衍。《戰國策·趙策三》：「魏王使客將軍辛垣衍間入邯鄲，因平原君謂趙王曰：『秦所以急圍趙者，前與齊湣王爭強

爲帝，已而復歸帝，以齊故。今齊湣王已益弱，方今唯秦雄天下，此
非必貪邯鄲，其意欲求爲帝。趙誠發使尊秦昭王爲帝，秦必喜，罷兵
去。』」又，《史記·荀卿列傳》：「荀卿，趙人，年五十，始來遊學於
齊。鄒衍之術迂大而閎辯，奭也文具難施，淳于髡久與處，時有得善
言。故齊人頌曰：『談天衍，雕龍奭，炙轂過髡。』」

此詩列舉兩個不同時地的人，取其名字巧合，同其性質而同於國
無益，合而鞭撻之。

首句揚，次句抑，不免夸飾。三句實寫，四句亦寫實，二人之事，
合爲一璧，天衣無縫。逞舌辯之士，可不儆惕哉！四句二對，讀之不
覺。

237. 韓　非

　　韓子流於慘，聃書妙造微。百年同一傳，誰是復誰非？

　　（同上）

按：《韓非子》有〈解老〉、〈喻老〉兩篇，爲老子知音，其法術或受
　　老子「治大國若烹小鮮」之啓發。但道家主無爲，法家則不免刻
　　薄寡恩，南轅北轍，孰是孰非？

　　後村此詩，似未作明確判決。但細看「慘」、「妙」、「造微」諸語，
則自然明瞭其旨趣矣。

238. 莊　子

　　夸大帝傳由，形容跖侮丘。僅饒聃禦寇，共載一虛舟。

　　（卷十五，頁858）

按：盜跖，春秋魯人，從卒九千人，驅人牛馬，取人婦女，侵暴諸侯，
　　橫行天下，故於孔子亦不知敬畏。

　　首二句拈舉二例，說明莊子對人世的一般態度：那怕唐堯、孔子，
亦未必值得特別尊敬，借許由、盜跖來表現這一理念：此亦一是非，
彼亦一是非。

後二句說：只有同道的老子、列子是例外，他們共載一舟，順風而行。上句用「饒」，可見後村之風趣；下句用「虛」，足見逍遙遊之旨趣。

239. 侯　嬴

白髮夷門老，能興晉鄙師。魏王備它盜，曾不備如姬。

（同上）

按：《史記‧信陵君列傳》載：秦圍趙急，求救於魏，魏王派晉鄙將軍十萬，至鄴，按兵不動，信陵君用夷門監者計，請如姬盜王符，與朱亥到晉鄙軍，椎殺之，領兵救趙，秦兵退。

首二句開宗明義，述說此事核心。後二句把此事的另一關鍵情節，藉批判口吻寫出：「備它盜」三字，充滿了反諷意味。如此寫侯生，亦云妙矣。而置侯嬴於莊生之後，同為「十辯」之一，更令人詫異。

240. 范　睢

不待精神契，惟憑煩舌求。暮年薦燕客，差勝似穰侯。

（同上）

《史記‧范睢列傳》：戰國秦魏人，遊說諸侯，欲事魏王，先事中大夫須賈，隨賈使齊，齊王聞睢口辯，賜牛酒及金，須賈以為持魏國陰事告齊，訴諸相魏齊，齊笞睢，佯死得免，出，至秦，匿姓名為張祿，說秦昭王以遠攻近交之策，拜相，封應侯。後降趙，旋自請免相，薦蔡澤自代。穰侯指魏冉，秦昭王母宣太后弟，四登相位，舉白起為將，伐韓趙魏齊，使秦東益地，功甚著，後王用范睢，乃免相。

此詩前二句寫實而寓諷意，此諷不屬一人也。三句指薦蔡澤，末句略貶魏冉。秦昭王朝三相之功過，已大略商榷於此二句內。

241. 蘇　秦

常產常心論，平生不謂然。晚知蘇季子，佩印為無田。

（同上）

蘇秦家本不甚貧，然出仕無著而落魄，乃成貧士，「無田」二字，寫盡貧士求富貴之心。放在「佩印」之下，尤具反諷意味。

首二句乃自抒，謂自己一生不以心常變化之人爲然。隨機應變，乃一雙面刃，是機警，亦是投機。蘇秦、張儀之流，皆屬此類。

末二句用「晚知」打頭，旨趣更明白。少年後村，或亦功名心重，而且閱世未久，固不足深知蘇秦也。

242. 田　光

　　北面老先生，人間事飽更。不聞求樂氏，但見薦荆卿。

　　（同上）

田光，燕之處士，曾向太子丹薦荆軻。見《史記·刺客列傳》。

首二句實寫老成謀國：「北面」、「飽更」串連得自然。三句謂自己不求顯達，蓋樂毅爲當時燕國最貴顯之大將、大臣。他一心爲國，只薦賢人，不作自謀。寥寥數語，一古風老翁、一前輩賢者之形象了然如見。

243. 茅　焦

　　焦子如天膽，秦王似屋嗔。如何刀機上，活得解衣人？

　　（卷十五，頁859）

茅焦，齊人，見《史記·呂不韋列傳》。《後漢書·蘇竟傳》有「茅焦於秦豈求報利」一句，注引《說苑》（卷九）：「秦始皇遷太后於咸陽宮，又撲殺兩弟，秦人茅焦解衣伏質入見，始皇乃迎太后歸於咸陽，爵茅焦爲上卿，焦辭不受。」

茅焦故事，其難能可貴處有三：一、義：勵始皇以孝，二、勇：人不敢諫，焦獨任之，三、廉：不受爵祿，有魯仲連之風。

首二句用喻甚奇：尤奇在二句：如天之膽，前人已用於盧仝。如屋之嗔，妙不可言：你是君，我是臣；但我膽既如天，汝嗔乃若屋，渺不足言矣。下二句以秦皇爲「刀機」，亦佳。用反詰句更見力道。

244. 蒯　通

　　酈生方橫死，蒯徹亦陽狂。設不逢劉季，同趨一鼎湯。

　　（同上）

《史記・淮陰侯列傳》：蒯通，原名徹，以避漢武帝諱改通。齊人。曾教韓信攻齊，致齊王田廣烹酈生。又教韓信反，不聽，乃佯狂爲巫。及信被誅，有「悔不聽蒯通之計」語，高祖捕通欲烹之。以善其言，乃釋其罪。

按：田廣烹酈生，乃因酈食其爲劉邦說其降，而韓信攻齊，故以爲酈生愚己，怒而烹焉。劉邦不烹蒯通，乃因通善辯自保，亦由邦心胸較爲寬闊也。

　　「橫死」、「陽狂」，對仗得巧。後二句雖爲假設語，置「一鼎湯」在「同趨」下，亦見筆力。

245. 墨　翟

　　墨子城無恙，公輸械有窮。要須能壁立，未可恃梯攻。

　　（卷十五，頁861）

墨子聞公輸班攻宋，千里赴宋，與公輸試攻守之術，公輸九作，墨子九阻之，乃勝一籌。此詩專述此事，而以「墨子城無恙」打頭，甚有氣派，次句乃見公輸矮了一截。

　　三句「壁立」，是寫實，也是象徵：主持正義者宜居上風；四句乃訓斥公輸班。

　　墨子千古偉人也，以之列爲「十智」之首席，當之無愧；豈止智也，亦仁者也。

246. 樗里子

　　石馬殘陵下，金鳧出藏中。誰云樗里智？卜墓近秦宮。

　　（同上）

《史記・樗里子列傳》：「昭王七年，樗里子卒，葬於渭南章台之東，曰：『後百歲，是當有天子之宮夾我墓。』」至漢興，長樂宮在其東，

未央宮在其西，武庫正值其墓。樗里子名疾，秦惠王弟，爲丞相，滑稽多智。秦人有諺：「力則任鄙，智則樗里。」

前二句謂樗里墓不免「石馬殘陵」，金鳧者，天子也。後二句承續其勢，謂徒有智名，墓營於二宮之間，寧非自取其擾？「秦宮」似應作「漢宮」。

此詩不正說其智，反諷其死後無智，亦妙文也。

247. 陳 平

　　巧言愚冒頓，厚賂餌閼氏。秘計言之醜，剛云世莫知。

　　（同上）

《史記・陳丞相世家》：「至平城，爲匈奴所圍七日，不得食。高帝用陳平奇計，使單于閼氏，圍以得開。高帝既出，其計秘，世莫得聞。」

《集解》：「桓譚《新論》或云：『彼陳平必言漢有好麗美女，爲道其容貌天下無有，今困急，已馳使歸迎取，欲進與單于，單于見此人必大好愛之，愛之則閼氏日以遠疎，不如及其未到令漢得脫去，去亦不持女來矣。閼氏婦女，有妬媢之性，必增惡而剷去之。』」

此詩用桓譚之說，分爲一、二兩句，且成對仗，亦云巧矣。三句乃春秋之筆，四句低調，「剛」疑爲「則」或「輒」之誤。

兵不厭詐，況性命交關之際乎！陳平是非，畢竟見仁見智。

248. 鼂 錯

　　危鼂知不免，削楚慮空長。東市哀朝服，西京號智囊。

　　（同上）

《漢書・鼂錯傳》：漢潁川人，爲人陗直刻深，學申商刑名，文帝時爲太常掌故，奉命受尙書於伏生，累遷太子家令，時號智囊。景帝遷御史大夫，以倡議削諸侯封地，吳、楚等七國反，以討錯爲名，帝用爰盎言，斬錯於東市。亦見《史記・鼂錯列傳》。

此詩巧妙地把鼂錯故事納入兩雙對句中，「危鼂」尤巧。末二句倒裝語意，「智囊」、「朝服」，對得甚工。而「空」、「哀」二字，可謂

句中眼。無限感慨之意，盡在二十字中。

249. 楊　修

> 老賊有肝鬲，多爲德祖窺。誰令預籌事，更與共觀碑？

（卷十五，頁 862）

楊修、曹操故事，《世說新語·捷悟》載之最詳：題「活」字嫌門大，拆去改建；「合」字指一人嗽一口酪；數十斛竹片可爲竹楯，楊德祖一一料中阿瞞心意，「老賊」既喜又妒，首句所謂「有肝鬲」，城府深也。

三句似惜似責，四句直指曹娥碑前君臣比試：「絕妙好辭」不啻斷送一位天才的性命！

天才對天才，除了惺惺相惜之外，只有劇妒致命一途：楊修生不逢辰，不得明主，奈何！

250. 倉　舒

> 全活齒鞍吏，平章秤象船。丕乎眞有幸，舒也竟無年。

（同上）

倉舒，名冲，曹操子，早夭。嘗置象於船上，刻水痕以稱其重。又曾以計脫庫吏之罪（曹操馬鞍在庫爲鼠所齧），見《三國志·魏志·武文世王公傳》。

此詩據正史所載，寫曹冲之聰明機智：首二句舉二事而工對仗。三四句以曹丕作比，亦對仗：猶言冲若不早夭，魏主恐易人。

其實爲政爲帝，不止要聰明，更需權術手段，否則曹植如此聰明，何以終屈敗于丕？

251. 荀　彧

> 殺身明逆順，濡足救危亡。未必荀文若，甘爲操子房。

（同上）

荀彧，字文若，潁川潁陰人。年二十，去袁紹從曹操，被稱爲「吾之子房」。晚年冒殺身之禍觸犯曹操，諫他不宜晉魏公，操恨，終逼之

自盡，見《三國志・魏志・荀彧傳》。

此詩前後倒置，效果卓然。

首二句謂彧之仁義，迥不同曹操輩。救危諫止，常人之所不能。「殺身」、「濡足」對得精巧。

三、四句爲他惋惜，爲他慨歎。因爲當時在袁紹、曹操之間，只能選操，故他內心是否甘心爲操所用，確是一個大疑問。物以類聚，彧、操非同類也。

252. 劉　備

華容蘆荻裏，一炬可無遺。歎息劉玄德，平生見事遲。

（同上）

此詩截取曹操敗戰逃走華容道得脫一事，惋惜劉備未能伏兵火攻以殲曹。此舉本可改變天下情勢，未能把握時機，則悔之莫及。

三、四兩句舉一反三，謂玄德雖亦智者，但平生反應嫌遲，每見事不能及時，料敵不夠精明，所以雖得三分天下，終居人下。

此詩亦可謂出春秋之筆，是用另一個切入點評論劉備的作法。但仍把他列爲「十智」之一，亦甚稀罕。

253. 杜　預

征南漢腹智，實似小兒癡。漢水有洄日，沉碑無出時。

（同上）

杜預，晉杜陵人，字元凱，泰始中，繼羊祜都督荊州諸軍事，拜鎮南大將軍，伐吳，平之。博學多通，朝野號爲「杜武庫」，身不能武而善能用兵。

此詩切入點甚奇：首句肯定他征南平吳之智勇，次句一百八十度轉折，謂之如小兒之癡傻。蓋嘗書二碑，紀其功勳，一沉萬山下，一立峴山上，曰：「焉知此後不爲陵谷乎！」沉一碑於漢水，以爲終有復出時，其實只是他的一種痴想。

智者千慮，必有一失，此之謂乎！

三、四句對仗得平穩。

254. 李衛公

肘後臣非靳，胸中彼未純。乃知兵妙處，不可妄傳人。

（卷十五，頁 863）

李衛公，即李靖，《舊唐書》卷六七有傳。「不可妄傳」，謂侯君集欲從學兵法，不允。侯亦名將，曾破吐谷渾及高昌。事見《新唐書‧侯君集傳》。

此詩前二句代李靖說明他不肯傳授兵法給侯君集的原委：因為侯氏心中不純正，（後果獲罪），故不肯授以李家兵法。首句「肘後臣非靳」，恰為配襯二句對仗而成。

後二句直抒其事。「兵妙處」，給足李靖身分。「不可妄傳人」，明是說理，其實已暗寓貶侯之意。

以上「十智」各有千秋。

255. 韓　起

帶從內府頒，枕出古陵間。卻笑韓宣子，區區愛一環。

（卷十五，頁 864）

《史記‧韓世家》：晉韓起（即宣子）聘於鄭。宣子有環，其一在鄭商。宣子謁諸鄭伯，子產弗與，子太叔、子羽請與之，謂：「吾子何愛其一環，其以取憎於大國也？」子產曰：「……若韓子奉命以使，而求玉焉，貪淫甚矣。」事又見《左傳‧昭公十六年》。

此詩首二句謂物各有類，亦各有根源，不可強求而得。韓宣子亦諸侯也，乃為區區一玉環，見譏於子產，貽笑列國，與其說他貪淫，不如說他愚昧。

此詩布局悠緩，末二句卻一箭中的。「區區」二字度得忒好。

256. 富平侯

童作夫人紡，藏錢百萬多。不知三篋內，還記舊書麼？

（同上）

富平侯，即張安世。《漢書・張安世傳》：「詔都內別藏張氏無名錢以百萬數。安世尊爲公侯，食邑萬戶，然身衣弋綈，夫人自紡績，家童七百人皆有手技作事，內治產業，累積纖微，是以能殖其貨。」

張安世之所作所爲，眞不愧「富平侯」之爵名——富有而平安。治生產，勤耕績，故家有餘財。以今人眼光視之，此非貪，乃勤也。

此詩前十字統括其行爲作法及成果。後二句則以反譏的口吻叩問安世：是否尚讀古人書？還是整個人被銅臭沖翻了？

安世如何回答，吾人不知。但仍要強調一句：是勤不是貪。

257. 董　卓

　　虎視無強對，鴟張有篡心。可憐臍裏燭，不照塢中金。

（卷十五，頁 865）

董卓，東漢臨洮人，粗猛有謀，桓帝時，官羽林郎，屢有戰功，靈帝時，爲前將軍，官并州牧，帝崩，應何進召，引兵入京師，誅宦官，事平，乃自爲相國，廢少帝，弒何太后，立獻帝，淫亂凶暴，毒流朝野，袁紹等起兵討之，卓挾帝遷都長安，自爲太師，有篡立意，後王允計誘呂布刺殺之，籍家滅族，百姓在其屍臍中點燭洩憤。見《後漢書・董卓傳》。

此詩前二句寫卓囂張之狀，巧成對仗，是虎是鴟，皆甚允當。後二句寫他死後慘狀，兼諷其貪財無算。亦對仗。

不過與其列卓於「十貪」中，不如移之於「十暴」。

258. 王　戎

　　惜李常鑽核，商財自執籌。如何嵇阮輩，放入竹林遊？

（同上）

《晉書・王戎傳》：「性好興利，廣收八方園田，水碓周徧天下，積實聚錢，不知紀極。每自執牙籌，晝夜算計，恆若不足。而又儉嗇，不自奉養。⋯⋯家有好李，常出貨之，恐人得種，恆鑽其核。」

此詩以戎爲十貪之一，既貪又嗇，但王亦有不貪之令行，如《世

說新語・雅量》：「王戎爲侍中，南郡太守劉肇遺筒中箋布五端，戎雖不受，厚報其書。」《世說新語・德行》：「王戎父渾，有令名，官至涼州刺史。渾薨，所歷九郡義故，懷其德惠，相率致賻數百萬，戎悉不受。」何等廉潔！故後村詩，不免偏頗。

後二句諷意十足，吾欲代嵇阮立言：「安豐固亦高士也！」

259. 石 崇

金谷觴豪友，珠樓擁豔姫。南交來處悖，東市悔何追？

（同上）

石崇築金谷園，窮侈極奢，然因詔事賈謐，讒誅即免官，又因孫秀求綠珠不得讒毀之，矯趙王倫詔殺之，一門皆死。

此詩首二句說崇二大事：豪友、豔姫。後二句說他交遊不慎，命亦不濟，故棄首東市。仍是兩兩相對。

其實他只是豪奢，不宜謂之貪。

260. 祖 珽

左氏譏懷璧，楊公卻袖金。安知機巧者，藏得巨羅深？

（同上）

《北齊書・祖珽傳》：「裴讓之與珽早狎於眾中，嘲珽曰：『卿那得如此詭異？老馬十歲，猶號驪駒，一妻耳順，尚稱娘子。』於時喧然傳之。後爲神武中外府功曹，神武宴寮屬於坐，失金巨羅。竇泰令奉酒者皆脫帽，於珽髻上得之。」巨羅，酒器也。

此詩以《左傳》「匹夫無罪，懷璧其罪。」一語與楊公袖金一事合詠祖珽事，事雙詞對。末二句譏珽盜酒器而藏得不夠隱祕，嘲其既貪又拙。

261. 張 說

玉檢匭頌隆，珠簾餽遺通。更揮諛墓筆，褒讚死姚崇。

（同上）

張說、姚崇同位宰輔，崇病，戒諸子曰：「張相與吾釁隙甚深，然其

人稍奢侈，吾歿後，同僚當來弔，汝盛陳服玩寶器於帳前。若張不顧，舉族危矣。彼若寓目，當致此玩，以〈神道碑〉請，得其文，即時錄進，仍先礱石，使速鐫刻。張料事遲我數日，後必追悔。」姚歿，張果至，目其服玩者數四，諸子悉依教成碑文。說時極筆曰：「八柱承天，高明之位列，四時成歲，亭毒之功存。」後數日，果取其本，欲重刪改，諸子引使者視之，碑已攻畢。說悔恨曰：「死姚崇猶算生張說。」見《明皇雜錄》卷上。

按：張說不但為名相，且為名詩人，與張九齡齊名。此詩只取此事，別有鑑裁。首二句略貶其功德。末二句直述與姚崇事，而貪財貨之旨，卻已隱藏其中。

262. 元 載

三千兩鍾乳，八百斛胡椒。不悟口中韈，猶貪掌上腰。

（卷十五，頁 866）

元載，唐代宰相，代宗知其貪，戒之不改，賜死。《南部新書》卷三：「僧惠範以罪沒，入其錢得一千三百萬索。元載家破，納產胡椒九百石。鄭注誅後，納絹一百萬疋，他物可知矣。」

此詩前二句取元載兩椿納賄、收賕之事而並吟之，天然成對。三句謂主事者脫其袜塞其口而殺之，四句是說他貪戀女色。亦對仗得巧妙。掌上腰，掌上舞女也。楊炎有〈贈元載歌妓〉：「楚腰如柳不勝春。」

263. 杜 兼

沒有財遺臭，生無善可傳。向來堆百屋，盡是密郎錢。

（同上）

《新唐書・杜兼傳》：「裒藝財貨，極奢欲，適幸其時，未嘗敗。」杜牧〈冬日寄兒子阿宜〉詩：「崔昭生崔芸，李兼生竇郎。堆積一百屋，破散何披猖。」（《全唐詩》「兒子」作「小姪」），「李兼」或為杜兼之誤？

首二句對仗好，明述其人其事，可視為貪人「典範」。末二句諷

意十足：意謂生前聚錢，死後也帶不去，只好留給子孫，「窟郎」或爲小名，「窟」字尤妙，藏寶於窟乎！

264. 桑維翰

五季驕諸鎮，終朝易十人。使無孔方癖，猶是晉名臣。

（同上）

《新五代史・桑維翰傳》謂維翰權勢既盛，四方賂遺，歲積鉅萬。

此詩前半敍述桑維翰的功績：他曾官中書令兼樞密使，後晉高祖時，安重榮議絕契丹，維翰力爭之。又爲制諸鎮而多換人。

後二句以微惋之口吻，承認他是一代名臣，可惜貪財傷譽。這和杜兼輩其實是不可同日而語的。後二句似對非對，仍可視作一流水對。

以上爲「十貪」，良莠不齊。

265. 尹　氏

聚蹶并番楀，今猶唾姓名。國人深可畏，尹氏更須平。

（卷十五，頁 868）

《詩・小雅・節南山》：「節彼南山，維石巖巖。赫赫師尹，民具爾瞻。憂心如惔，不敢戲談。」注謂：「尹氏，女居三公之位，天下之民，俱視女之所爲，皆憂心如火灼爛之矣。又畏女之威，不敢相戲而言語，疾其貪暴脅下以刑辟也。」《小雅・十月之交》：「皇父卿士，番維司徒，……楀子內史，蹶維趣馬，楀維師氏，豔妻煽方處。」尹氏爲周世卿，掌國政。

此詩首二句檃栝〈十月之交〉的詩意，後二句則把〈節南山〉的旨意化生出「可畏」、「須平」二義。全詩詩味嫌薄。

憸者，險惡也，貪而暴也。

266. 太宰嚭

西子宴姑蘇，靈胥賜屬鏤。如何居上宰，忠越不忠吳？

（卷十五，頁 689）

太宰嚭，戰國吳宰相，因受越賄，處處護句踐，反與忠臣伍子胥作對，子胥因讒而死。

此詩意指西施入侍夫差，亦得嚭引薦之功，故以之與子胥事並列成對。末二句由「如何」引頭，先標明太宰嚭之身分，然後用後五字銳利譏刺之，後村真不愧《春秋》之繼人也。

267. 呂不韋

　　豫建無長慮，旁窺有販心。絕嬴由呂相，繼馬乃牛金。

　　（同上）

大賈呂不韋以子楚為秦後嗣，以己妾趙姬送之，又代疏通秦庭，使得由趙返國為太子，趙姬初已有孕，生子為嬴政，不韋因為秦相，掌重權，後終因與太后私通自盡。見《史記》本傳。「繼馬乃牛金」：《晉書・元帝紀》：「初，〈玄石圖〉有牛繼馬後，故宣帝深忌牛氏，遂為二櫃共一口，以貯酒焉。帝先飲佳者，而以毒酒酖其將牛金。而恭王妃竟通小吏牛氏而生元帝，亦有符云。」

此詩首二句較平實，謂呂不韋雖然聰明能幹，似無高瞻遠矚之明，次句說他旁窺子楚而有「販心」，販心二字甚真甚妙。三句之「絕嬴」可就狹義說，則嬴政已非真嬴家種；廣義而言，則謂嬴政亂天下而亡秦也。四句以晉宣帝（司馬懿）殺牛金事作旁証，作襯托，亦具諷意，亦是一巧。

268. 李　斯

　　焚餘寧有籍？坑後更無儒。不解愚劉項，翻令二世愚。

　　（同上）

李斯故事，國人耳熟能詳；後村此詩二十字，卻充滿了創意新思。

首二句看似平實，其實頗為精警。焚書坑儒，千古罪業，不可為，不可作：後村以「寧」、「更」二字作詩眼，凸顯此事之悖。「無儒」無籍或誇張，但正符夸飾之用。

三句天外飛來，細思之則亦合情合理。既為秦相，便應以防制叛

者劉邦、項羽爲第一要務，既不能，又縱令趙高輩愚弄二世以致亡國，豈非千古罪人？「十憸」不列趙高而列入李斯，亦猶《春秋》罪趙衰而不罪趙盾也。

269. 公孫弘

極力排舒黯，聯翩去不迴。惟應刀筆吏，時得到魁材。

（同上）

《史記·公孫弘列傳》：弘少爲獄吏，有罪罷免，家貧，牧豕海上，年四十餘，乃學春秋雜說，武帝時爲博士，詔徵文學，弘復對策，擢第一，累遷丞相，開東閣以延士，俸祿所入，盡給賓客，己則食止脫粟。性外寬內深，陽善陰惡，殺主父偃，徙董仲舒於膠西，皆弘所爲也。

此詩分述公孫弘之兩方面：前二句寫他排斥異己之賢人，甚爲陰險，三句繼之；但末句則讚許他培養人材之善舉。二句頗富詩趣。

270. 孔　光

佞幸傳呼至，師臣傴僂迎。暮年靈壽杖，幸自可扶行。

（同上）

孔光，孔子之後。漢平帝立，光以舊相爲太師。王莽爲太傅，光常稱疾，不敢與莽並，固辭位。太皇太后賜靈壽杖，歸老於第。見《漢書·孔光傳》。其生平博學公正，錄冤獄，行風俗，振贍流民，守法度，修故事，時有所言，則削草稿，薦引人則唯恐其人知之。眞一代名臣也，後村把他列入「十憸」之一，恐是「不美麗的誤解」。

前二句誇張他晚年面對奸佞（王莽）的謙恭之態，頗有醜化主角之嫌，對仗卻工。末二句寫實，但「幸自可扶行」一句亦有揶揄之意。

此詩主題及旨趣，吾不能苟同。

271. 李林甫

二相去留際，中原治亂分。異時馬上淚，遙灑曲江墳。

（卷十五，頁 870）

李林甫爲玄宗時奸相，接良相張九齡爲相，本詩前二句開宗明義，爲歷史作定音鼓。唐玄宗一世英名，此爲分水嶺。

曲江，張九齡本籍，世以爲他的別名——「張曲江」。

後二句指安史之亂既作，生民塗炭，野有哀鴻，而曲江在墳中，亦徒呼奈何矣。運句活潑。

此詩以側筆痛貶李林甫，尚可稱爲溫柔敦厚。

272. 盧　杞

> 僭僞蹯宮闕，忠賢血賊庭。相君無喜慍，面色只藍青。
> （同上）

《舊唐書‧盧杞傳》：杞既居相位，忌能妬賢，迎吠陰害。小不附者，必置之於死。將起勢立威，以久其權。……德宗幸奉天，崔寧流涕論時事，杞聞惡之，譖於德宗，言寧與朱泚盟誓，故致遲迴，寧遂見殺。惡顏眞卿之直言，令奉使李希烈，竟歿於賊。其臉色藍。

首句直斥盧杞爲奸佞之輩，次句爲忠臣顏眞卿悼惋，以此作爲盧氏惡行之代表。

三句細寫其奸邪，喜慍之色不現於面；四句以其體貌之特色補足之。「無」、「只」相對，甚有力量，三四是一雙當句對。

273. 崔昌遐

> 本欲除閹腐，安知召寇戎？緇郎不爲相，朱賊得稱雄？
> （同上）

崔昌遐名胤，見《舊唐書‧崔愼由傳‧附昌遐傳》：宋人諱「胤」字，故以字稱，緇郎，胤小字。胤當唐末，倚朱全忠之勢欲誅宦官，使全忠坐大，遂成移國之禍。

此詩首二句明言崔昌遐一念之差，欲借外力以除宦官，卻不幸引狼入室。

後二句更用反問的方式批判昌遐：倘若昌遐不爲宰相，不出引朱的餿主意，朱溫安得稱雄一世，篡唐爲帝？

昌遐固然犯了大錯，但謂之十憸之一，亦不妥當。

274. 馮　道

坐閱數朝主，竟為何代人？漢宮數歷徧，更作虜師臣。

（同上）

《五代史・馮道傳》：道後周景威人，字可道，少純厚好學，不恥惡衣食。歷唐、晉、契丹、漢、周，事五姓十君，在相位二十餘年，且著文陳己官爵以為榮，號常樂老人，識者鄙之。

此詩前二句揶揄馮道，針針見血。

後二句分頭算帳：他徧歷漢族之唐、晉、漢、周，又為契丹之相，豈非全無風骨、人格之臣？

馮道固鄙，謂之十憸之一，恐亦不甚恰當。

275. 巷　伯

哆侈何其甚？憂傷只自知。雖經夫子筆，不廢寺人詩。

（卷十五，頁872）

《毛詩注疏》卷十九〈小雅巷伯序〉：「〈巷伯〉，刺幽王也。寺人傷於讒，故作是詩也。」箋：「巷伯，奄官寺人，內小臣也。奄官上士四人，掌皇后之命，於宮中為近，故謂之巷伯，與寺人之官相近，讒人譖寺人，寺人又傷其將及巷伯，故以名篇。」

首句取〈巷伯〉二章：「哆兮侈兮，成是南箕。彼譖人者，誰適與謀？」之首句二字而加議論，「哆侈」原是張口的意思，在此代替讒言。〈巷伯〉詩末章甚為激切：「取彼譖人，投畀豺虎；豺虎不食，投彼有北；有北不受，投彼有昊。」此詩末二句則謂：孔子亦曾評論此事，此寺人之詩乃千古不朽。但後村把巷伯擬作「十嬖」之一，不知是否有些誤讀詩意。

276. 梁丘據

國漸移田氏，人誰悟景公？牛山兩行淚，據與寡人同。

（同上）

《晏子春秋》卷一：「景公遊於牛山，北臨其國城而流涕曰：『若何滂滂，去此而死乎？』艾孔、梁丘據皆從而泣。晏子獨笑於旁，公收涕而顧晏子曰：『寡人今日遊悲，孔與據皆從寡人而涕泣，子之獨笑，何也？』」

按：後村用《晏子春秋》故事而捨「艾孔」獨取梁丘據，不知何故。

此詩前半巧用齊國史實，謂田氏不久以後將篡齊，景公不知，誰能悟之、警醒之？後二句才切入正題：公與據同泣牛山，所爲何來？晏子之笑，又所爲何來？

此詩可見後村之善於借題發揮，延伸詩意。

277. 臧　氏

變與賢分國，賢疏變在旁。未嘗無樂克，其奈有臧倉？

（同上）

《孟子·梁惠王》：「樂正子見孟子曰：『克告於君，君爲來見也，嬖人有臧倉者沮君，君是以不果來也。』曰：『行或使之，止或尼之，行止非人所能也。吾之不遇魯侯，天也，臧氏之子，焉能使予不遇哉？』」樂正子名克。

此詩先就魯公二臣之事立說，賢疏變近。後二句表面上是進一步議論此事，其實是擴張層面：天下何嘗沒有許多賢者如樂克，卻也不免有很多變佞者如臧倉。其爲天乎，其爲人乎？二句對仗得自然而工。

278. 景　監

但見顯朝久，誰知媚竈勤？紛紛由嬖進，非特一商君。

（卷十五，頁873）

《史記·商君列傳》：「因孝公寵臣景監，以求見孝公。」注謂景姓，楚之（大）族也。

商君故事，人人耳熟能詳，但引薦者是一太監，後村就此切入吟詩，反以景監爲此詩之主角，這也是他常用的手法之一。

前二句說商君專權於秦，但出身不正，用「誰知」打頭，增加勁道。末二句引伸發揮，供讀者一傲一歎。「紛紛」二字，值得玩味。

279. 趙　高

> 歸自沙丘後，因專定策功。國由中府令，帝在望夷宮。
>
> （同上）

此詩不寫趙高之「有強力，通獄法，善史書」，而強調他的專權。三句更說得明白。首句謂始皇死後。

望夷宮在陝西省咸陽、涇陽二縣交界處之睦村，趙高曾殺二世胡亥於此處。末句用「在」字，甚爲含蓄，詩固不必處處劍拔弩張也。

280. 曹　騰

> 費亭侯在日，亂已有萌芽。養得螟蛉種，猶能覆漢家。
>
> （同上）

《後漢書・宦者傳》：曹騰，桓帝時爲中常侍大長秋，封費亭侯。養子嵩，嵩生操。

此詩首二句謂曹騰爲漢末十常侍之一，時宦官專政，已有亂象。

後二句用反諷的筆墨，寫曹騰收養曹嵩，後生操，操復生丕，亡漢者魏，此其始端也！

天下事，禍根每在遠，遠而不遠。「亂已」、「猶能」，前後呼應。

281. 張　讓

> 舉國排閹尹，還鄉少弔賓。太丘芻一束，全活幾多人？
>
> （同上）

《後漢書・宦者傳》：讓，後漢潁川人，靈帝時爲中常侍，封列侯，說帝令斂天下田畝稅十錢，以修宮室，發太原、河南、狄道諸郡材木及文石，百姓呼嗟，帝崩，袁紹勤兵捕宦官，讓劫少帝走河上，追急，投河死。

此詩首二句寫張讓等宦官行爲天人同怨，故極不得人心。三句四句反過來說：荒年太丘之一束芻，可以全活許多人，而彼等不此之圖，

奈蒼生何！春秋大義隱然在焉。

282. 高力士

五十年間事，渾如曉夢餘。三郎南內裏，何況老家奴？

（同上）

此詩切入點既宏又微。

唐玄宗在位四十三年（西元 713～755 年），又爲太上皇七年（西元 756～762 年）乃崩，恰好五十年，高力士侍候他的歲月，也大略如斯，故首句直言五十年間事，次句用李商隱「莊生曉夢迷蝴蝶」語意，加一「餘」字，更添風韻。三、四句由玄宗而高力士，似將二人視爲共同生命體矣。

此詩實寫如畫，然諷意十足。寫高力士之詩，至此而極矣。

283. 仇士良

國老辭機密，閹兒叩緒餘。殷勤傳一訣，莫遣上觀書。

（卷十五，頁 874）

《新唐書・宦者傳》：「罷爲內侍監知省事，固請老，詔可，尋卒，賜揚州大都督。士良之老，中人舉送還第，謝曰：『諸君善事天子，能聽老夫語乎？』眾唯唯。士良曰：『天子不可令閑暇，暇必觀書，見儒臣，則又納諫，智深慮遠，減玩好，省遊幸，吾屬恩且薄而權輕矣。』……眾再拜。士良殺二王、一妃、四宰相，貪酷二十餘年。」

前二句寫忠貞告退，宦兒擅權。以「機密」對「緒餘」妙。後二句亦實說，「殷勤」二字尤佳，反諷之意乃見。

284. 張承業

敕使爲唐患，忠君獨有君。晚知王自取，誤殺老監軍。

（同上）

《新五代史・宦者傳》：張承業，李克用時老監軍，後唐莊宗欲即皇帝位，承業臥病極諫，不聽，哭曰：「吾王自取之，悞老奴矣。」肩

輿歸太原，不食而卒。

李克用曾大破黃巢，唐亡後群雄僭號，克用獨守臣節，死後子存勗始稱帝，承業或亦受其感召，故力勸後唐莊宗不稱帝也。

首句敕使指朱溫，次句末之「君」可兼指克用、承業。後二句直接用史料而稍裁度。加一「殺」字，力量不小。

以上「十變」，「巷伯」、「張承業」爲忠良之士，餘如景監、曹騰（能進用賢能），亦不爲惡；但大部分皆奸佞之人。

285. 神　農

盡識蓬無毒，明知菫有災。安知嘗試者，百死百生來？

（同上，頁 876）

此詩寫神農嘗百草，首二句一說無毒，一說有害，對仗而不犯合掌。三、四句言其偉大：出生入死，百試不悔。

此詩實寫二事：一、醫者仁心，神農是農業家，亦神醫也。二、先知者皆具有無上的人本精神及犧牲情懷。四句尤爲全詩警句。

286. 素　女

厥初賦形貌，固已具陰陽。《素問》無人讀，流爲采戰方。

（同上）

《史記・孝武本紀》：「泰帝使素女鼓五十弦瑟悲，帝禁不止，故破其瑟爲二十五弦。」泰帝，伏羲氏。《直齋書錄解題》卷十三：「《黃帝內經素問》二十四卷，黃帝與岐伯問答，三墳之書無傳尚矣，此固出於後世依託，要是醫書之祖也。」

又按《吳越春秋・勾踐伐吳外傳》：越王還於吳，當歸而問於范蠡曰：「何子之言，其合於天？」范蠡曰：「此素女之道，一言即合大王之事。」又：《隋書・經籍志》：「素女秘道經一卷，素女方一卷。」記房中之術。

此詩融合素女二種傳說（未必爲一人）：陰陽天道，采戰之方（房中術），未及彈瑟，卻又扯上《素問》，是一首雜膾的詩。

287. 扁　鵲

疾始於榮衛，哀哉不豫謀。貪生諱聞死，天下幾桓侯？

（同上）

《史記‧扁鵲列傳》：齊桓侯疾在血脈而不治，直到疾到骨髓，無可治，扁鵲望而退走。榮衛，血氣也。

此詩不正面讚美扁鵲的醫術，卻由齊桓侯故事來印証天下無治百病之神醫。

首句直述其事，次句增一感歎語「哀哉」。

三句以「諱聞死」與「貪生」並陳，其實二者矛盾弔詭。四句擴大題意：天下處處有桓侯！

288. 醫　和

壽有可延理，醫無不死方。扁曾憂骨髓，和亦畏膏肓。

（同上）

王當《春秋臣傳‧秦醫和》：「醫和，秦醫也。……始，晉景公疾病，求醫於秦，秦伯使醫緩爲之。未至，公夢疾爲二豎子曰：『彼良醫也，懼傷我焉。逃之。』其一曰：『居肓之下，膏之上，若我何？』醫至，曰：『疾不可爲也。在肓之下，膏之上，攻之不可，達之不及，藥不至焉，不可爲也。』公曰：『良醫也。』厚其禮而歸之。」

此詩仍延續〈扁鵲〉詩宗旨：良醫或可延壽，未必能治百疾。三句再引扁鵲、桓侯事，四句歸結于醫緩（和）、景公事。四句兩兩相對，妙手天成。

289. 李　醯

自昔名高世，皆由藝入神。未應除扁鵲，世上便無人。

（卷十五，頁 877）

《史記‧扁鵲列傳》：秦太醫令李醯，自知伎不如扁鵲也，使人刺殺之。

此詩寫李醯，不懲其殺人之惡行，卻委婉地說：一山更有一山高，天下良醫，何止扁鵲一人，若欲一一殺人，恐殺不盡也。

不過正面旨意仍在首二句：醫之良否，乃在藝高——「入神」二字尤度得好。

後二句寄寓多少感慨！

290. 夏無且

秦法嚴堂陛，秦兵遠殿廬。如何危急際，只有一無且？

（同上）

《史記·刺客列傳》：「荊軻乃逐秦王，而卒惶急，無以擊軻，而以手共搏之。是時，侍醫夏無且以其所奉藥囊提荊軻也。」

此事關鍵在始皇以手搏阻荊軻，有一緩衝餘地，餘人因無武器，不敢上殿，夏無且機智，以藥袋沮之，故救得王命。

首二句寫實。後二句詠讚無且，且有憾意，全在「如何」二字。

此詩完全未言及無且之醫術，乃一特例。

291. 華 佗

古來神異少，天下妄庸多。文帝能全意，曹瞞竟殺佗。

（同上）

華佗，漢末神醫，見《漢書·華佗傳》：曾爲曹瞞治頭風症有效，後求隱，操徵之不至，乃追殺之。

此詩首二句感慨天下神醫少，庸醫多，對仗得容易。後二句說：曹丕能欣賞華佗，寬容華佗，曹操卻因拂己意而殺之，以子反襯父，亦詩中一技也。但畢竟表達得不夠含蓄。

292. 壺 公

跳入無人見，誰知有路通？長房非黠者，草草出壺中。

（同上）

葛洪《神仙傳·壺公》：「壺公者，不知其姓名，今世所有《召軍符》、

《召鬼神治病玉府符》凡二十餘卷，皆出於壺公，故總名爲《壺公符》。汝南費長房爲市掾時，忽見公從遠方來，入寺賣藥，人莫識之，其賣藥，口不二價，治百病皆愈。」

此詩以壺公爲主，以費長房爲輔。

首二句設想美妙，「無人見」已神祕，「有路通」更奇。長房有縮地之術，既爲神仙，便非黠者騙子，但「草草出壺中」五字便耐人尋味。根據《後漢書‧費長房傳》，長房見壺公跳入壺中，異而往拜之，欲從求道，翁斷一竹懸焉，似長房形，家人以爲長房已自吊死，乃隨入山，未得道，賜以一杖、一符，能鞭笞百鬼，後失符，乃爲眾鬼所殺。如此複雜的故事，後村卻以「草草」收拾之，亦不免草草矣。

293. 陶隱居

方差能臘腹，學誤至漸襟。幸有經文在，休於注腳尋。

（同上）

《南史‧陶弘景傳》：陶弘景，字通明，丹陽秣陵人也。永明十年，脫朝服掛神武門，上表辭祿，詔許之。……自號華陽陶隱居，人間書札，即以隱居代名。臘腹，謂藥方差謬可致腹枯。漸襟，指污血。

首二句指陶氏藥方有謬誤者，「漸襟」乃誇飾。後二句謂陶氏著作多堪取範，見大毋見小，取其瑜不計其瑕，可也。

全詩四句，兩兩相對。

294. 韓伯休

女子乃知我，明朝變姓名。可憐逃不密，猶迫詔書行。

（卷十五，頁878）

《後漢書‧韓康傳》：「韓康字伯休，一字恬休，京兆霸陵人。家世著姓，常采藥名山，賣於長安市，口不二價三十餘年。時有女子從康買藥，康守價不移。女子怒曰：『公是韓伯休耶，乃不二價乎？』康歎曰：『我本欲避名，今小女子皆知有我焉，何用藥爲？』乃遁入

霸陵山中。」

　　此詩單就韓康逃名一事立意。首二句說一故事，後二句又助其勢，謂若不逃走，朝廷亦不肯饒也。「可憐」二字有趣。

　　以上十醫，只有一人之醫術不明。

295. 巫　咸

　　《列》書詫知死，楚些說〈招魂〉。

　　尚莫窺壺子，安能返屈魂？（卷十五，頁880）

洪興祖《楚辭補注》卷一〈離騷〉：「巫咸將夕降兮。」注：「巫咸，古神巫也，當殷中宗之世。降，下也。」補曰：「《書序》云：『伊陟贊於巫咸。』《前漢郊祀志》云：『巫咸之興，自此始。』說者曰：『巫咸，殷賢臣，一云名咸，殷之巫也。』」

　　巫咸祝者，善招魂預卜之術。故本詩以《列子》言生死、《楚辭》詠招魂、壺子有神術烘托之。最後兩句，擺明了是懷疑巫者之術不可信的。死生有命，術者何能？

296. 史　蘇

　　繇語幾於讖，流傳信有諸。王何謾辛苦，《易》自是占書。

　　（同上）

《左傳・僖公十四年》：「史蘇占之曰：不吉。」注：「史蘇，晉卜筮之史。」又十五年：獻公筮嫁伯姬於秦，史蘇占之，曰不吉。及惠公在秦，曰：「先君若從史蘇之占，吾不及此夫。」

　　前二句謂史蘇之占卜幾近於讖語，流傳甚廣。三句突然一轉，謂晉獻公何必辛苦勞煩史蘇者流，還不如求卜於《易經》。

　　又一首反巫祝卜筮之詩。

297. 詹　尹

　　魚腹纍臣訣，蛾眉眾女仇。靈均空發問，詹尹若為酬。

　　（同上）

《白孔六帖‧詹尹釋策不對屈原》：「楚屈原既放，心煩志亂，往見太卜詹尹曰：『余有所疑，先生決之。』詹尹乃端策拂龜，原曰：『予寧隨鴻鵠遠舉乎？寧與雞鶩爭食乎？』云云，詹尹乃釋策謝曰：『用君之心，龜策不能知之。』」

　　首句中用陳勝在魚腹中置丹書帛「陳勝王」以示天意典，謂世多預言，其實非眞，次句謂屈原受群小之妒而遭貶放。後二句直寫故事：屈原問吉凶進退於詹尹，彼乃請君自謀，可見卜者無用也。前二句似對非對，後二句對仗好。

298. 季　主

　　　宋賈兩名士，茫然立下風。信知古賢聖，多隱卜醫中。

　　（同上，頁881）

《史記‧日者列傳》：「司馬季主者，楚人也。卜於長安東市。宋忠爲中大夫，賈誼爲博士，同日俱出洗沐，相從論議，誦《易》先王聖人之道術，究徧人情，相視而歎。……宋忠、賈誼忽而自失，芒乎無色，悵然噤口不能言，於是攝衣而起，再拜而辭行，洋洋也。」

　　此詩讚美季主，使宋忠、賈誼兩位名士碩學，茫然自失；次二句則直接稱揚季主乃聖賢一類的高士。「立下風」三字頗傳神。

299. 洛下閎

　　　巧曆雖千歲，先知一日差。未能下算子，亦道是占家。

　　（同上）

荀悅《前漢紀》卷二十：「漢武之世，得賢爲盛。……曆數則唐都、洛下閎。」《太平寰宇記‧劍南東道閬州》：「洛下閎字長公，閬中人，隱於洛亭。武帝徵待詔太史，改造《太初曆》，閎曰：『後八百歲，此曆差一日，當有聖人出定之。』」

　　此詩根據《太平寰宇記》的記載，讚美洛下閎的曆算之學神準：千歲是八百年的誇大。後二句謂：雖不卜筮，亦可稱一大占家了。這又是對預言術的肯定。

300. 嚴君平

賣卜本逃名，下簾無市聲。何如穹壤內，知世有君平。

《漢書・嚴君平傳》：君平，蜀人，名遵，以字行，卜筮成都市，每依蓍龜以忠孝信義教人，日得百錢，即閉肆而讀老子。揚雄著書稱其不作苟見，不治苟得，久幽而不改其操，雖隨、和無以加之。卒年九十餘。

首二句寫君平賣卜而逃名，故得百錢即垂簾閉戶讀書，以「下簾」代閉肆，較有詩意，且暗喻其廉。末二句謂人之有德能者，欲藏不可，故天地間世人，皆知蜀有嚴君平也。

301. 京　房

元帝何曾諭？京房自此疏。區區推卦氣，欲撼石中書。

（同上）

《漢書・京房傳》：京房，字君明，東郡頓丘人，治《易》，爲郎。中書令石顯專權，欲以治亂撼石顯，出爲魏郡太守。後以誹謗政治棄市死。

前二句惋惜漢元帝不辨忠奸，不明是非，故終因石顯之譖而疏放京房。

末二句感慨正人不敵小人。卜卦之術，豈能撼動權臣？無異以卵擊石，其卵自碎。

卜者無罪，命運難測，故京房不免屈死。

302. 管　輅

平叔知幾語，疑於《易》學通。歲朝不相見，隔日問三公。

（同上）

《三國志・魏志・管輅傳》：管輅，字公明，平原人，善筮卦。何晏、鄧颺求作一卦，歲朝，晏、颺皆誅，所課皆驗。又見《世說新語・規箴篇》。

首句爲倒裝句，謂管輅預知何晏（平叔）之未來，次句爲後村自

擬語：管輅必通《易經》。

　　三、四句將何、鄧故事檃括爲十字，「問」字度得尤美妙，「隔日」亦好。

　　又是一首肯定卜筮的詩。

303. 李淳風

　　逆知生女主，預說覆唐宗。誤殺五娘子，安知在後宮？

　　〈同上，頁882〉

《新唐書・李淳風傳》：「太宗得秘讖，言唐中弱，有女武代王。以問淳風，對曰：『其兆既成，已在宮中，又四十年而王，王而夷唐子孫且盡。』帝曰：『我求而殺之奈何？』對曰：『天之所命，不可去也。而王者果不死，徒使疑似之戮，淫及無辜。且陛下所親愛四十年而老，老則仁，雖受終異姓，而不能絕唐。若殺之復生壯者，多殺而逞，則陛下子孫無遺種矣。』帝采其言而止。」五娘子，大將李君羨小字，爲太宗所誅，見《新唐書・李君羨傳》。

　　此詩全係實寫，根據正史，前二句字字是眞。後二句意即太宗以爲李君羨即預言中所說之人（五、武同音），故誤殺之；卻不知武則天就在自己後宮。以此讚譽李淳風之料事神準。

304. 袁天綱

　　似有人推背，相傳果是非。請君看秘記，若箇洩天機。

　　〈同上〉

袁天綱，唐筮者，相人窮通每中，《舊唐書》及《新唐書》之〈方伎傳〉皆有其傳。武則天幼時，姆媽將則天作男裝，請天綱相之，綱曰：「若爲女子，貴不可言，將爲天子。」果然。相傳與李淳風本作《推背圖》，每圖附七言詩一首，預言歷代興亡變亂之事，至六十圖，袁推李背止之，故名推背圖，其詩多在可解不可解之間，世人解之者紛紜。

　　此詩首二句言《推背圖》之神秘。後二句繼之，謂誰能以此宣洩天機。在相信與疑似之間。未言其善卜之事。

以上十卜，或存疑，或相信，半讚譽半諷譏。

305. 項 橐

　　義理無窮盡，雖丘或未知。老聃與項橐，聖豈有常師？

（卷十五，頁884）

《史記‧甘羅列傳》：「甘羅曰：『夫項橐生七歲，爲孔子師。』」

　　此詩根據此語，大肆發揮。

　　首二句謂天下知識無涯無盡，孔子至聖，亦未必能全知。後二者謂聖人無常師，大至老子，幼至項橐，皆可以爲吾師。四句用反問句，更增風采。

　　借題發揮，不止讚美項橐而已。

306. 甘 羅

　　函谷非無士，登庸乳臭兒。空令園綺輩，頭白不逢時。

（同上）

《史記‧甘羅列傳》：甘羅，秦下蔡人，茂之子，事呂不韋，年十二使趙，趙爲割五城而事秦，還封上卿。

　　以函谷代秦，「函」字有言外意，以「乳臭兒」說甘羅，似貶實褒。

　　末二句飛越隔代，取商山四皓之東園公、綺里季爲範，作爲老而賢者之代表，而謂十二歲封相之甘羅，似已排擠了前輩的賢者。後生可畏，此之謂也！

307. 外黃兒

　　子羽力扛鼎，諸侯屈膝臣。能從小兒語，盡活一城人。

（同上）

《史記‧項羽本紀》：「外黃不下數日，已降，項王怒，悉令男子年十五已上詣城東欲阬之。外黃令舍人兒年十三，往說項王。……項王然其言，乃赦外黃當阬者。」

十三歲的小孩子，一語中的，便能感動殺人不眨眼的大王！眞令千古以下之人爲之撼動。

首二句寫項羽之威風。三句一轉，「能從」便是褒，「活一城人」足成之。而作者對此外黃小兒之讚美，乃盡在不言中了。

指桑讚槐，此之謂也！

308. 終 童

> 武帝有荒志，終童無遠謀。長纓自繫耳，莫繫越王頭。

（同上）

《漢書·終軍傳》：終童，即終軍，濟南人，年十八爲謁者給事中，又爲諫大夫。使南越，自請長纓，羈南越王致之闕下。死時年二十餘，故世謂之終童。

前二句「有荒志」、「無遠謀」，對仗，似貶。後二句亦似遊戲文字，長纓繫耳，藏一「自」字，自者，自願請纓也。末句「莫繫越王頭」乃反說。

全詩以反說取勝。

309. 童 烏

> 擊蒙鑿帝竅，躐等草《玄經》。混沌死七日，童烏天九齡。

（同上，頁885）

《揚子雲集·問神》：「或曰：『述而不作，玄何以作？』曰：『其事則述，其書則作。育而不苗者，吾家之童烏乎？九齡而與我玄文。』」

此詩巧用《莊子》的混沌故事烘托神童童烏。一、三句講混沌鑿竅而天帝元神死，二、四句說童烏與父揚雄合撰《太玄經》而早夭。此詩命意，乃在發揮「育而不苗」之旨，育而不苗，略似孟子「揠苗助長」之意。王安石有〈傷仲永〉一文，旨趣同此。

310. 荀 陳

> 或作操謀主，羣爲丕上公。老瞞渾忘卻，只記哭倉舒。

（同上）

荀陳，謂荀彧、陳群。穎川人，幼皆有令名，彧輔曹操，羣輔曹丕，當國事。而彧晚年乃謂操不宜進爵國公，備物九錫。見《三國志・魏志・荀彧傳》及〈陳群傳〉。

此詩首二句言二人主要事蹟。三、四句說荀彧晚年之悔。膝上者，膝上幼兒也；車中者，車中謀主也。少有所為，晚有所悔。

但彧、群二人到底幾歲輔曹？歸入「十稚」之列是否有些勉強？

311. 孔融子

二稚吁何罪？冤猶在史書。老瞞渾忘卻，只記哭倉舒。

（同上）

《後漢書・孔融傳》：「棄市，時年五十六，妻子皆被誅。初，女年七歲，男年九歲，以其幼弱得全，寄它舍。二子方奕棋，融被收而不動，左右曰：『父執而不起，何也？』答曰：『安有巢毀而卵不破乎？』……或言於曹操，遂盡殺之，及收至，謂兄曰：『若死者有知，得見父母，豈非至願？』乃延頸就刑，顏色不變，莫不傷之。」《世說新語・言語篇》載此事而稍異，二子乃與孔融並收。又，《晉書・羊祜傳》載「祜前母孔融女，生兄發。」則融女未死。倉舒已見前，即曹冲。

首二句直說二兒無罪而冤死，然古有連坐之法，操有妒才之癖，融子之死亦宜矣！末二句舉出曹操喪子慟哭之事，譏責阿瞞只知己子，不恤人子。此種安排，頗有力量與效果。

312. 通　子

但愛梨並栗，不傳琴與書。乃翁莫惆悵，他日舉籃輿。

《陶淵明集卷三・責子》：「雍端年十三，不識六與七。通子垂七齡，但覓梨與栗。天運苟如此，且進杯中物。」蕭統〈陶淵明傳〉：「淵明素有腳疾，使一門生二兒舁籃輿，即至欣然，便共飲酌。」

此詩首二句用〈責子〉詩意，加上「不傳琴與書」以添風韻。後二句用〈陶淵明傳〉紀事，反誇兒子孝順，抬轎侍父。「乃翁莫惆悵」五字尤好，父親不必太為不肖子擔心也。

313. 阿　宜

牧有諄諄誨，宜無赫赫聲。假令如叔父，一世得狂名。

（同上）

陳思《小字錄》：「阿宜，《杜牧之集》載〈冬至日寄小姪阿宜〉詩：『小姪名阿宜，未得三尺長。頭圓筋骨緊，兩臉明且光。去年學官人，竹馬遶四廊。指揮群兒輩，意氣何堅剛。』云云。」

首二句謂由牧之詩，可知牧之對這位小姪寄望甚厚，但他卻並未成名，對仗精巧。三、四句卻半褒半貶——若阿宜如牧叔，是否亦徒然留下清狂之名？

此詩寫阿宜亦寫杜牧，可謂一石二鳥。

314. 阿　買

座上交游廣，城南講讀餘。如何萬金產，只解八分書？

（卷十五，頁886）

《昌黎集》卷二〈醉贈張秘書〉詩：「阿買不識字，頗知書八分。詩成使之寫，亦足張吾軍。」注引趙堯夫曰：「或問魯直：『阿買是退之何人？』答云：『退之侄。』必有所據而云。」八分書，王次仲所作書，即楷書。

此詩名為「阿買」，其實主寫韓愈。首二句全說昌黎之交遊廣、講讀博。三句譽阿買為「萬金產」，亦沾韓愈之光乎！八分書固好，似嫌不足——因先有「不識字」之說也。末二句亦完成可有可無之對仗。

以上十稚，或譽，或譏，或表遺憾，或作修補，仍以讚譽者居多。

315. 漆室女

舉國聽桓子，呼天誅孔丘。可憐倚楹女，徒為魯君憂。

（卷十五，頁887）

桓子，指季孫斯，魯三桓之一，文公以後，世世執國政，其權勢漸強大，昭公時伐之不克，反為所逐，出奔齊。後其臣陽虎擅權，季孫氏

始衰。

《古列女傳·魯漆室女》：魯漆室邑之女，過時未嫁人，不求偶，反憂魯君老，太子幼，愚偽日起；魯國將有患，君臣父子皆被辱，禍及眾庶。三年魯果亂，齊楚攻之，魯連有寇，男子戰鬥，婦人轉輸不得休息。

首二句概述魯國當時情況：桓子專權，孔子逝世，聖人亡而小人昌。以此襯托漆室女之憂國憂民，更見其難能可貴。「倚楹」二字生動，「可憐」一詞珍貴。「呼天」與「為魯君憂」可視作前後呼應。

316. 東家女

神女登徒子，微詞未必然。感襄通一夢，窺玉費三年。

（同上，頁 888）

宋玉〈登徒子好色賦〉：「王以登徒子之言問宋玉，玉曰：『天下之佳人莫若臣東家子，增之一分則太長，減之一分則太短，著粉太白，施朱太赤。眉如翠羽，肌如白雪，腰如束素，齒如合貝。嫣然一笑，惑陽城，迷下蔡。然此女登牆窺臣三年，至今未許也。』」

此詩以神女、登徒子對論，二句寬大，似肯定世間男女之情。三句寫神女感楚襄王於夢中，四句直述東家女窺宋玉三年而未能通情，三四互襯。此乃以東家女為痴情女之代表，之典型。

317. 散花女

狡獪疑為幻，姝妍復似魔。殷勤把花去，莫惱病維摩。

（同上）

《維摩經·問疾品》：會有一天女，以天花散諸菩薩，悉皆墮落，至大弟子，便著不墜，天女曰：「結習未盡，故花著身。」

前二句描寫天女之美如魔，其撒花如幻戲。後二句大膽改編故事，似認為天女之散花，徒然惹人煩惱。「大弟子」改成「病維摩」，是升了一級？還是逕自認定此「大弟子」即維摩詰？此詩固有禪理在，亦可視作一遊戲文章。

318. 緹 縈

天子覽書悲，肉刑無復施。不惟嘉列女，亦自活神醫。

（同上）

《史記・孝文本紀》：漢文帝十三年，齊太倉令淳于公有罪當刑，逮繫長安。淳于無男，少女緹縈隨父至長安，上書贖父刑罪，文帝感動，爲除肉刑。

此詩褒揚緹縈，可謂至矣。

首二句密接，帝覽縈書而悲，肉刑旋廢。一孝可以救活天下多少有罪或無辜之人！漢文帝之爲仁君，亦由此可見。

三、四句更逼進一層：三句平，四句奇：她不只是佳女，抑且是神醫。緹縈不是醫者，但使帝悟肉刑之非，故等同華佗、扁鵲矣。

319. 曹 娥

穹壤有時敝，娥名萬古垂。直從彤管筆，便到色絲碑。

（同上）

《後漢書・列女傳》：「孝女曹娥者，會稽上虞人也。父盱能絃歌，爲巫祝，漢安二年五月五日於縣江泝濤迎婆娑神，溺死，不得屍骸。娥年十四，乃沿江號哭，晝夜不絕聲。旬有七日，遂投江而死。至元嘉元年，縣長度尚改葬娥於江南道旁，爲立碑焉。」注：「其後蔡邕又題八字：『黃絲幼婦，外孫虀臼。』」

第一句猶言海枯石爛，但以敝字形容「穹壤」，甚爲新鮮；二句直抒。三句言其碑，四句言蔡邕所題八字 —— 寓意「絕妙好辭」，還引發曹操、楊修一段比猜謎故事。此詩核心在首二句，後二句只是餘波，只是裝飾趣味。

320. 阿承女

古人重言德，初不論傾城。切莫傷容鬢，猶堪嫁孔明。

（同上）

阿承女，指漢末荊襄名士黃彥承之女黃月英（名字不確定）。沔南白

水人。奇醜，才具則不遜於諸葛亮。亮娶之，傳爲佳話。

　　首二句具言古人重德不重色。後二句不但讚美女主角，而且勸勉天下女子：莫以容貌遜色而傷心失望，阿承女可嫁孔明（那時代最優秀的男子），他女何嘗不可？

　　此詩可作世上男女的交友教材。

321. 戴良女

　　　　竹笥并練帔，何妨託妾身？若逢夫婿問，向道乃翁貧。

　　（卷十五，頁889）

《後漢書・逸民傳》：汝南戴良，隱於江夏山中。五女並賢，每有求姻，輒便許嫁，疏裳布被、竹笥木屐以遣之，五女能遵其訓，有隱者風。

　　此詩共詠五女。戴良隱居而貧，然教女有方，逢求姻輒許嫁，蓋知求者不爲名利也。

　　此詩首句寫五女嫁時服飾行頭，貧而有節。三、四句則對自己的身世坦蕩蕩，足見其父女之操守人品。

　　此詩若淡墨渲染，別有韻致。

322. 木　蘭

　　　　出塞男兒勇，還鄉女子身。尚能吞北虜，斷不慕西鄰。

　　（同上）

花木蘭故事國人耳熟能詳。

　　此詩首句省略一「若」字，恰與次句對仗。「出塞」、「還鄉」，妙手天成。

　　三句實寫，四句虛擬而近實。〈木蘭辭〉中有云：「開我東閣門，坐我西閣牀。脫我戰時袍，著我舊時裳。當窗理雲鬢，對鏡帖花黃。出門看火伴，火伴始驚惶。……」四句即由此想像引申而出。三、四相對，「斷」字殊爲有力。

323. 投梭女

　　　　琴挑何曾動？梭投未免慚。女郎循古禮，元不解清談。

（同上）

《晉書・謝鯤傳》：「謝鯤字幼輿，陳國陽夏人也。鄰家高氏女有美色，鯤嘗挑之，女投梭折其兩齒。時人爲之語曰：『任達不已，幼輿折齒。』」

此詩首句暗用司馬相如琴挑卓文君的典故。二句之「慚」，直斥謝鯤。三句乃自女子立言，「循古禮」甚正，不解清談足以解頤：蓋此非清談，或爲「濁話」也。

324. 靈　照

首如飛蓬亂，家賣漉籬供。老漢驚吾女，禪機捷乃翁。

（同上）

《五燈會元》卷三：「襄州居士龐蘊者，衡州衡陽人也。……元和中，北遊襄漢，隨處而居。有女名靈照，常鬻竹漉籬，以供朝夕。」

首句想像而近實，她雖非黃月英，亦未必是美女，日夕勤於勞作，如此形容之固宜。次句實寫，「供」字雖爲湊韻，亦有意涵。

三句一轉，由「居士」身上著眼，四句「禪機」，使人一驚，復又會心。「捷」字尤度得好。

禪心只在日常生活中。勤是禪，孝亦是禪。

以上十女，皆佳人也，或忠或孝或慧或勇或勤，唯一人爲神女，一人爲痴女。

以上二百首，皆後村在淳祐四年（西元 1244 年，五八歲）時在鄉平居開暇吟成。

卷十六

325. 讀竹溪詩一首

> 不敢匆匆看，晴窗幾絕編？參他少林髓，饒得奕秋先。
>
> 友願低頭拜，師曾枕膝傳。已將牌印子，朕過竹溪邊。

（卷十六，頁893）

竹溪，即林希逸。福清人。歷翰林權直兼崇政殿說書，直秘閣知興化軍。1193年生。後村為作序，稱其詩「槁乾中含華滋，蕭散中藏嚴密，窘狹中見紆徐」，推崇備至。

此詩前二句謂希逸作詩嚴謹，讀者不可輕易閱讀。三句以武術相比，四句以奕棋擬之，皆推許甚至。五句說自己和友輩的欽佩，六句講他從小得老師傳授，對仗甚好。

七句「牌印子」指旗牌印信，乃身分之証明。此處比喻詩中佼佼者。

此詩平正中有巧句。

326. 送王允恭隱君

> 一葉撐來江浪闊，兼金卻去客囊空。
>
> 都將歲月供丹竈，不要功名上景鐘。
>
> 古有禮羅招處士，今無書幣起逋翁。

南陽祇在荆州北，時一登高弔臥龍。（卷十六，頁923）

王允恭，字元肅，會稽人。後村讀其書而異之，不肯出仕。此次送他赴南陽（或荆州）。

首二句言江水潤，允恭舟行，而阮囊羞澀。

三句說他習於修道，四句講他不愛功名。

五句追念古有招隱之禮數，六句惋惜今無禮賢之朝廷。

七、八想望南陽，時一登高，以弔孔明，亦爲允恭添行色也。

全詩勻稱而氣格頗高。

327. 挽陳惠倅

昔預八仙飲，深知七子才。云何埋玉樹？不復倒金罍。

錦製曾三試，羅浮欠一來。吾衰慚誄筆，搔首寄餘哀。

（卷十六，頁945）

此人似應爲陳姓惠州通判，但無可查考。

首句寫當年群聚之歡，次句記此友之才。三句惋惜他仙逝，如玉樹埋土。「玉樹」乃夏侯玄、崔宗之的比喻，謂美男子也。四句應首句之「八仙飲」，而「倒金罍」「埋玉樹」對得工巧。

五句謂三試科場而不中，六句足成其意，羅浮山仙界也，中舉猶如登仙。末二句又是自謙之語，亦呼應前半。「慚誄筆」遙對「七子才」。

328. 劉克遜——九日登闢支巖過丁元暉給事墓及仲弟新阡之二

歷歷向時遊覽處，重來年已迫桑榆。

大衾尚欲同林下，華表安知忽路隅？

自古曾悲摘瓜蔓，即今不共插茱萸。

人生患不高年爾，到得年高萬感俱。（卷十六，頁953）

此詩專悼念二弟克遜。克遜（西元 1189～1246 年），字無競，號西墅，以父任補官，調莆田令，以救荒捕盜著功。累遷知邵武軍，除劇盜，

興教化，威愛並行。移泉州，終工部郎，以疾奉祠。淳祐六年十二月卒，年五十八。一生清貧，尤工於詩，葉適等曾稱許之。後村歸鄉，已在次年，惟見新阡。

囊山在莆田延壽里，形如懸囊。有闢支巖，其中可容數塌，旁有八小石負之，玲瓏明徹。

首二句話舊。三、四句謂本欲與弟同生共死，不料乃弟已撒手先歸。五、六句續其勢頭，六句用王維「遍插茱萸少一人」之文典。末二句興慨，此時克莊已六十有一矣。「患不高年」、「到得年高」，重複卻好。

329. 工部弟哀詩之二

去歲書來欲解麾，數行遺墨半傾欹。
斑衣不遂娛親志，白髮因吟哭子詩。
讓棗猶如前日事，摘瓜空抱暮年悲。
情知哀淚無堪滴，原上寒笳苦死吹。（卷十六，頁957）

此詩較前首尤為哀切。

前二句述去年克遜死前不久之事，次句尤為鮮明生動，足增悲氛。三句說未能娛母親終老，四句言克遜因長子偉甫早死而憂傷得疾。〈墓志銘〉載：「娶宜人方氏，子二人，偉甫，將任郎，風度玉立，入京銓注，以疾客死。無競鍾愛，以至於病。」二事聚於一聯中，渾然天成。

五句讓棗，用《南史・王泰傳》典：泰少時於眾兄弟中不取牀上之栗棗，人咸異之。足徵克遜之德，亦見兄弟之情。「摘瓜」上詩已用，此處用作對仗甚好。

七、八句之「苦死吹」，聲色太厲，然用於「無堪滴」之下，亦屬懇切語。況悼友于乎！

卷十七

330. 梅妃——十墨之五

半卸紅綃出洞房，依稀侍輦幸溫湯。

三郎方愛霓裳舞，珍重梅姬且素妝。（卷十七，頁974）

梅妃，唐玄宗妃，姓江，名采蘋，莆田人。婉麗能文。開元初，高力士使閩浙，選入官，大受寵，性愛梅。帝因名之曰梅妃。迨楊妃入，失寵，逼遷上陽宮，帝每念之，會夷使貢珠，乃命封一斛以賜，妃不受，謝以詩，詞旨悽婉，帝命樂府譜入管絃，名〈一斛珠〉。安祿山之亂，死於兵。

此詩首二句細寫梅妃風姿。後二句以「素妝」象徵她的貞潔，三句當指玄宗別戀楊玉環。

此詩可謂微而婉。

331. 謝道蘊——十墨之七

江左風流屬謝家，諸郎如玉女尤佳。

如何雪裏同聯句，不比梅花比柳花？（卷十七，頁985）

謝道韞，一作謝道蘊，乃謝安之姪女，一日安與諸姪雪中聯句，道蘊以「莫若柳絮因風起」喻雪花，大為謝安稱賞，事見《世說新語‧言語篇》。

首句大彰謝家風采，謝安、謝玄、謝鯤以下，才人傑士不勝枚舉，後村並非虛言。次句又彰顯謝家女子，其實只鎖定道蘊一人。

後二句略帶戲謔意，可視作添梅助柳。

小詩風趣，後村於此得之。

卷十八

332. 陳希夷

錢子非仙者，种郎豈隱哉？先生閉門睡，弟子下山來。

（卷十八，頁 1022）

前二句指錢若水、种放，以此二人烘托陳摶。

陳摶（西元？～989 年），字圖南，號希夷先生。後唐長興中舉進士不第，遂隱於武當山九室巖，服氣辟穀，移居華山雲台觀，每寢處，百餘日不起。周世宗召爲諫議大夫，不受。太平興國中朝宋，太宗甚重之。著《指玄篇》八十一章，言導養及還丹之事。傳言聞宋之興，拍掌曰：「天下太平矣！」

後二句寫他的瀟灑風姿，以及培養人才用世。

因爲首二句，更添此人風致。

333. 魏處士

曾箴王太尉，亦諷寇萊公。無端兩丞相，有愧一山翁。

（同上）

魏野字仲先，居東郊，架草堂，有水竹之勝。好彈琴，作詩清苦，聞於時，上召不赴。以詩贊王旦，有「這迴好伴赤松遊。」因悟而辭官，遂拜太尉。又謂寇準：「自古功名蓋世，少有全者。」及貶，始悔不

用野言。

此詩亦以二人襯托一隱。二人是大官，且各有功績，而「無端」二字，「有愧」一詞，卻做足魏野身分。

334. 林和靖

吟共僧同社，居分鶴半間。魂歸應太息，亭榭遍孤山。

（同上，頁 1023）

林逋（名字即隱喻其志行）長隱西湖孤山，梅妻鶴子，吟詩自得。

此詩落筆平實，但平中有奇，「分鶴半間」即一証。

後二句尤妙：死後恐不免魂歸西湖孤山，見此處到處亭榭，已無當年清淨之態，焉得不長嘆一聲！

335. 邵康節

晚喜獾郎學，前知杜宇聲。乃知常處士，不及邵先生。

（同上）

獾郎，王安石，其生時有獾入其室，俄不見，故小字獾郎。又邵伯溫《聞見錄》卷十九：「康節先公……治平間與客散步天津橋上，聞杜鵑聲，慘然不樂。客問其故，則曰：『洛陽舊無杜鵑，今始至，有所主。』客曰：『何也？』康樂先公曰：『不二年，上用南士為相，專用南人，事務變更，天下自此多事矣。』……至熙寧初，其言乃驗。」常處士，名秩，屢召不至，荊公當國，力致之，遂起判國子監、太常禮院，聲譽稍減。

此詩首句似應解作晚年世人喜荊公之學，主詞非邵雍也。次句直寫洛陽事。三、四句以常比邵，常氏未能固守素志，致有「凍殺潁川常處士，也來騎馬聽朝雞。」之自嘲。邵雍則在安樂窩中怡然自得，著書明理，儼然一高士、一哲人也。二對皆巧。

卷十九

336. 梅妃與楊妃 —— 唐二妃像

> 不但烹三庶，東宮亦屢危。元來玉環子，別有錦綳兒。

（之一，卷十九，頁 1093）

> 素豔羞妝額，紅膏妒雪膏。寧臨白刃死，不受赤眉污。

（之二，頁上）

第一首詠楊貴妃及其「義子」安祿山，極言其禍害之大之深。「元來」二字，極具反諷之力。

第二首讚美梅妃，素妝美麗，紅膏盛粧者不免妒其冰清玉潔。三、四句寫她在安祿山亂中不屈而死。用赤眉典尤具巧思，恰與雪膚對峙。

337. 石虎禮佛圖

> 一虎雖兇暴，其尊孔釋同。矯情饋夫子，合爪禮澄公。

（卷十五，頁 1096）

石虎，晉時後趙主，字季龍，石勒從子，驍勇絕倫，苛虐嗜殺，卻尊禮孔子，禮敬佛圖澄。

此詩首二句把全詩主題全部托出。三、四兩句再加以發揮：但「矯情」、「合爪」四字，洋溢了諷刺意涵。「合爪」一詞尤妙，與首句相

呼應。蓋石虎之名,非徒然也。

338. 梁武修懺圖

紫袍臨蜀殿,黃屋建梁台。異世爲鵑去,前身作蚓來。

（卷十九,頁 1097）

梁武帝（西元 464～549 年）南北朝梁開國主,名蕭衍,仕齊,篡而自立,在位四十八年,篤信佛教。爲超度其夫人郗氏作慈悲道場懺法,曰梁皇懺。夫人終,化爲龍（一作巨蟒）,入於後宮,通夢於帝。

本詩變化其事,幻設武帝前世爲蚯蚓,來生變杜鵑,亦云諧妙矣。四句二對均工。前二句一說稱帝,一指禮佛。

339. 老子出關圖

去國有華髮,出關無送車。未能盡韜晦,紫氣作前驅。

（同上）

此詩專詠老子騎牛出關一事,華髮,紫氣,前後呼應。中插「無送車」一語,狀其孤獨之況。但三句之「未能盡韜晦」,便有微憾之意。此亦後村創見也。

謔而不虐,其此之謂乎!

340. 孔子問禮圖

卻萊辨夷夏,墮郈肅君臣。丘豈生知者?聃非絕滅人。

（卷 19,頁 1098）

定公十年,孔子侍魯定公與齊景公會於夾谷,齊使萊人以兵劫定公,孔子以公退,大義凜然。仲由爲季氏宰,以郈等三都不合禮制,乃墮之。

此詩首二句即詠此二事,對仗甚工。後二句說孔子其實非生而知之者,乃能師法多師而致聖,老子其一也 ── 老子其猶龍乎!非絕滅人,猶謂「無」非空無也。

讚孔若是，難以補益矣。

341. 明皇幸蜀圖之一

狼烟起幽薊，鳥道幸岷峨。穆滿尚八駿，隆基惟一騾。

（卷十九，頁 1098）

此詩寫唐玄宗，滿懷悲憫悼惜之情。前二句說安祿山之亂，五字狼煙，
五字鳥道，十分的切，幸蜀非自願也。

三句以穆天子八駿神遊作比，四句更虛擬一騾，供明皇坐驅，豈
止湊韻，亦且傳神。

卷二十

342. 老 儒

　　向來歲月雪螢邊，老去生涯井臼前。

　　舉孝廉科非復古，給靈壽杖定何年？

　　空蟠萬卷終無用，專考三場恐未然。

　　猶記兒時聞緒論，白頭不敢負師傳。（卷二十，頁 1120）

此詩非吟一固定之人物，而係爲一般老書生立小傳。

　　首句用映雪、聚螢苦讀二典，二句謂老來仍清貧，得親操井臼。三句喻功名之難，四句謂長壽而尊尤不易。五、六發揮三句意。末二句寫其志節終生不改。

　　好一幅書生畫像！五句尤深切。

343. 老 僧

　　半間古屋冷颼颼，死盡同參偶獨留。

　　昔已尋師遠行腳，今惟見佛小低頭。

　　舊綾無用聊收取，破衲難縫且著休。

　　年少還知貧道否？曾同王謝二公遊。（同上）

此詩寫老和尚，可說面面俱到。首句寫貧寒，次句寫壽長少侶。三、四句寫修練之勤苦，「見佛小低頭」尤有韻趣。五、六句寫家常。末二句用支遁典：「黃吻少年，無爲輕議宿士，貧道曾與元明二帝、王謝二公遊。」見《世說新語・方正篇》。全詩氣足神完。

344. 老道士

煉不成丹死不休，豈知歲月竟悠悠。

老於蒙叟仍黃馘，醜似彌明亦結喉。

尚隔蓬萊三萬里，浪云椿樹八千秋。

暮年卻羨鄰兒黠，阿母蟠桃也去偷。（卷二十，頁 1121）

首二句言道士之死心塌地，三四句繼續發揮。

　　五、六句極言得道之難，長壽之不易。

　　末二句突然大發逸興，羨鄰兒，卻把悟空偷王母蟠桃故事凡俗化了，甚妙！

345. 老　農

身已龍鍾不出村，尚能抱甕灌蔬園。

瓦盆堪用常盛酒，茅屋雖低可負暄。

鋤倦扶藜訪鄰叟，祭歸懷肉遺諸孫。

後生記取耆年語，世世休思入縣門。（同上）

此詩細寫農家生涯，描成一幅可愛可親的老人圖。末二句突然一轉，對時事大發不平之鳴，但細細思之，卻又恍惚不失溫柔敦厚之旨。愛讀陶詩者，必喜此什。

346. 老　醫

劉叟衣裝絳老年，市中賣藥且隨緣。

馳名最久經三世，閱病雖多未十全。

龜手有方俄貴矣，烏髭無訣盡皤然。

臥聞鵲噪扶筇起，偶值鄰翁送謝錢。（同上）

首二句用典而化。三、四句實話實說，對仗得工巧。五六句一用典、一寫實，「矣」、「然」對得妙。七、八句搭配得好，用七之雅，化八之俗。七、八似對非對，添了風采。

347. 老　巫

災禍妖祥判立談，白頭猶舞茜衣衫。

　　　賣符效速拋農業，治祟年深轉法銜。

　　　三老賽冬爲殺豕，四婆間歲倩祈蠶。

　　　暮歸舍下分餘胙，不信人間有季咸。（同上）

此詩首句說巫之職能，二句寫老巫之情態。三句微諷，四句正照。
五句實寫，六句四婆指南宋楊處士之妻，三姑六婆之代表，與五句
互補。七句寫實而有揶揄意，八句更深諷之。季咸，鄭之神巫，能
知人死生存亡禍福壽夭，期以歲月旬日若神，鄭人見之皆走，恐聞
死期也。

　　全詩活潑潑地，使讀者如見其人，如聞其聲。

348. 老　吏

　　　少諳刀筆晚尤工，舊貫新條問略通。

　　　鬥智固應雄驚輩，論年亦合作狙公。

　　　孫魁明有堪瞞處，包老嚴猶在套中。

　　　只恐閻羅難抹過，鐵鞭他日鬼臀紅。（同上，頁 1122）

此詩前四句直抒。五、六句用宋人典，孫姓魁頭，不知何指；包拯則
人人皆知。前句謂狀元長官亦可欺瞞，即使包青天亦可能落入他們套
中。有此二句，乃引申出末二句：厲且酷矣。後村於俗吏之深痛惡絕，
由此可見一斑。

　　以上七詩，一以貫之，造型成功，抒寫自然有力。

349. 老　奴

　　　少賤腸枯破褐單，傍人門戶話飢寒。

　　　自從毀齒初成券，直至長鬚尚不冠。

　　　冷炙時霑筵上飯，禿芒旋掃血邊殘。

　　　他時縱取封侯印，僅得君王踞廁看。（卷二十，頁 1146）

首句破題，「破褐單」意象鮮明，次句「話飢寒」精警。三句「毀
齒」指券，四句「長鬚」指人，但湊合起來，亦可謂天衣無縫。五、
六對仗而淒楚。七句實用衛青典（「大將軍青侍中，上踞廁而視之。」

見《史記·汲鄭列傳》，青幼時曾爲家奴。），別開生面，更增荒涼。

350. 老 妾

傷春感舊似中酲，樂器全拋曲譜生。

自小抱衾無怨色，有時擁髻尚風情。

曾陪太尉斟還唱，猶記司空眼與聲。

著主衣裳爲主壽，莫如琴客別宜城。（同上）

陶穀學士買得黨太尉家故妓，遇雪，陶取雪水烹團茶，謂妓曰：「黨
家應不識此。」妓曰：「彼粗人，安有此景？但能於銷金帳下淺斟低
唱，飲羊羔兒酒耳。」桓溫得一老婢，乃劉琨妓也。一見溫，潸然泣，
問之，曰：「公甚似劉司空。」溫大悅，整衣冠再問，曰：「面甚似，
恨薄，眼甚似，恨小……聲甚似，恨雌。」琴客，唐宜城愛妾，宜城
請老，愛妾出嫁，不禁人之欲，而私耳目之娛，顧況稱之爲達者。

　　此詩雖用三典，卻絲毫不隔。

　　前句中酲妙，次句寫實切。三、四寫盡老妾風貌。五、六映現妾
婦命運。七句淒酸，八句故作通達語。

　　一首老妾詩，多少辛酸淚！

351. 老 兵

昔擁琱戈射鐵簾，可堪蓬鬢映冰髯？

金瘡常有些兒痛，斗力今難寸許添。

至老安能希駱甲？從初悔不事蒙恬。

莫嗟身上衣裳薄，猶向官中請半縑。（同上）

首句實寫，次句亦實抒，但「冰髯」之「冰」雙關，對仗而妙。三、
四用了俗語「有些兒」，卻反增強張力。駱甲爲西漢騎將，蒙恬乃秦
代大將，老卒仰慕之不可企及。末二句平平實實，卻生新而辛酸。

　　以上三老，總題曰「同秘書弟賦三老各一首」，爲後村六十八歲
所作，與上一年之七老恰成十老。皆佳詩也。

卷二十一

352. 醉鍾馗

墜幘長鬚醜，遺靴一足濡。不須訶小鬼，爛醉要渠扶。

（卷二一，頁 1167）

此詩為「記雜畫」之一。描寫鍾馗形貌，活龍活現。次句尤生動。三、四兩句發揮了後村的幽默感：是建議，亦是揶揄。

鍾馗之醉態可掬，使人忘其醜，兼忘其欲捉不捉之鬼。

卷二十二

353. 贈梅巖王相士二絕之二

和靖詩高千古瘦，逃禪畫妙一生貧。

勸君別換新標榜，莫靠梅老賺殺人。（卷二二，頁 1248）

楊補之字無咎，號逃禪老人，南昌人。高宗朝以不值秦檜，累徵不起。水墨人物學李伯時，梅竹松石水仙，筆法清淡閑野，爲世一絕。

王相士不可考，梅巖即甫田之梅峰。

此詩先以林逋、楊補之之能詩能畫比擬相士，其貧瘦之姿可見。末二句莫靠梅花賺人，兼及林詩楊畫，妙。對相士之相人術，似肯定又似存疑，尤妙。「千古瘦」、「一生貧」、「賺殺人」，均好。

卷二十三

354. 孔子與如來——四月八日三絕之一

> 徵在生夫子，摩耶育釋迦。人人衣逢掖，箇箇著袈裟。
>
> （卷二三，頁 1303）

徵在生孔子於空桑之地，今名孔竇，在魯南山之南。淨飯王夫人摩訶摩耶於殿側精舍生釋迦牟尼。逢掖，寬袖之大袍，指儒服。

此詩二十字，把東方二聖的偉大影響力寫照得淋漓盡致。「人人」、「箇箇」乃有力的夸飾。

355. 挽趙虛齋二首之一

> 俱列儒臣侍細氈，各爲逐客問歸船。
>
> 親賢有詔徵劉向，疏遠無人贖史邊。
>
> 當日金臺諸客散，暮年鐵壁幾人全？
>
> 傷心滴露研朱筆，抱在螢窗雪案邊。（同上，頁 1309）

趙以夫，號虛齋，宋宗室，居長樂，知漳州，民不加斂，應付鄰寇裕如，擒渠魁以獻。民苦丁錢，奏以廢寺租代輸。後又屢次立功，終吏部尚書兼侍讀。

此詩首二句寫兩人共同遭遇：任官、受貶。三句說受重用，四句謂被疏。五句感惜撫今，六句「鐵壁」喻歲月及世情，甚爲痛切。末

二句雖用了滴露、朱筆、螢窗、雪案諸意象，仍是自述寫作之緣起及
狀況。

卷二十四

356. 李勢妹與梅妃——冬夜讀几案間雜書六言之十七

李妹玉曜膚色，梅娘淡妝素衣。

大主嗔老奴愛，三郎怕肥婢知。（卷二四，頁 1343）

桓溫平蜀，以李勢妹爲妾，其妻爲公主，帶十婢拔刃襲之，正值梳頭，髮藉地，膚色玉曜，不爲動容。主曰：「我見猶憐，何況老奴！」肥婢，謔指楊玉環。

後村將古來二大美女撮合於一絕之內，取其特色而吟之。後二句則以另一女子及男主角爲襯，效果甚爲佳妙。

後村對梅妃之淡雅國色素有偏愛，吟之者三。

卷二十五

357. 嵇康——春夜溫故六言二十首之十八

〈絕交書〉謝伊輩，〈養生論〉真吾師。

詩無諷刺尤妙，史有天刑勿為。（卷二五，頁 1375）

此詩吟詠嵇康，先取其二大代表作表意：〈與山巨源絕交書〉千古名文，山濤智者，當之亦無可奈可。〈養生論〉教人養生之術，亦可存也。三句說其詩之美妙輕泠者，四句誡詩人作史，〈悲憤〉詩、〈送秀才入軍〉等均有此嫌。惟「天刑」語氣太重！一詩二十四字，可為嵇生立傳矣。

卷二十六

358. 贈天台陳相士

　　徑草齊腰人跡稀，凌晨忽有叩柴扉。

　　遠攜吾子出疆贄，來看先生杜德機。

　　許燕頷侯行且驗，評鳶肩夭是耶非？

　　惜無斗酒堪澆汝，一曲勞歌贈北歸。(卷二六，頁1415)

陳相士無考，燕頷、鳶肩皆異相，一主封侯，一兆早夭。

　　首句寫相士之居處偏僻，二句記拜訪。三、四句增益之。五、六句讚許相士之靈驗，六句雖略示存疑，大致仍不失此一宗旨。末二句謙說己之關切。

　　後村於醫卜巫筮者流，素多關注，此又一例。

卷二十七

359. 倉部弟生日五絕之三

我昔單棲久，君今半被空。天公將老壽，裨補兩鰥翁。

（卷二七，頁 1505）

倉部弟指希謙，是年已接近七十歲。爲後村從父起元之子。

此詩十分單純：我久已鰥，汝今亦單。後二句略作自慰式的補償：以年壽補鰥寡之苦。

「之五」首二句：「平生老兄弟，歲晚共婆娑。」亦見二人交情非凡，「婆娑」，非起舞，乃共嬉也。

卷二十八

360. 劉長卿——五言長城

五字非容易，鬚曾斷幾莖？身雖居破屋，人比作長城。

塞北李都尉，江東阮步兵。偏師攻不下，老將望而驚。

立幟騷壇峻，降旗敵壘平。可憐秦系輩，淺陋欲爭衡！

（卷二八，頁 1529）

《新唐書・隱逸秦系傳》：權德輿曰：「長卿自以為五言長城，系用偏師攻，雖老益壯。」

此詩首二句用賈島「撚斷數莖鬚」而變化之。三句言人貧，四句言詩工。五、六句以李陵、阮籍相比匹。七、八句用秦系傳典而翻案。九、十句繼其勢。末二句再申言之。後村對劉長卿的佩服之忱，此詩已表露無餘。後村少作排律，此為一例外，但全詩自然平實，絲毫不覺可厭。

卷二十九

361. 挽宋泉倅

連牆終歲少相過，時聽書聲警睡魔。

懶續膠絃歡意薄，雖分風月皺眉多。

廉如玉雪誰知者？仕止牙緋奈命何！

昨送華軒今哭墓，傷心相挽不成歌。（卷二九，頁1587）

宋泉倅，即宋應先，曾任泉州通判，仕途多舛。寶祐六年（西元1258年）卒，年四十八。

　　此詩先寫二人鄰居，常聞其讀書聲。三句以後，抒其不得意，鬱鬱寡歡，但人品高潔。四句尤巧。末二句記昨生今死之哀痛。全詩行雲流水，故人之情歷歷如見。

卷三十一

362. 贈術者施元龍

信上多人物，莘宗譜最蕃。遙遙忘世胄，僕僕傍誰門？

眼毒偏奇中，心靈每預言。禿翁無阿堵，何以贈南轅？

（卷三一，頁 1680）

按：卷 109〈跋術者施元龍行卷〉：「上饒施君伯山過余談天，學兼術
者，龜策之長，決以風鑑。」可見施氏為命卜看相者流，其名元
龍，更增氣派。

　　此詩首二句介紹施氏籍貫及家世，平平實實。三句轉接二句而稍
逸出，四句寫他行卜施術之現況：「僕僕」對「遙遙」似遠而切。五、
六兩句是本詩精華。目光銳利而度一「毒」字，可謂詩眼，以「心靈」
對「眼毒」尤妙；「預言」對「奇中」則因平見奇。末二句自稱禿翁，
是自謙語，亦巧在與「龜」形暗偕。後村對三教九流人物，幾乎一視
同仁。

363. 讀陳湯傳

短後衣裝腰寶刀，空言無實世滔滔。

掉齊虜舌何其易，斬郅支頭豈不豪。

累代武夫猶奪氣，當時文吏苦吹毛。

漢廷誰是持衡者，只罪邀功不賞勞。（卷三一，頁 1681）

按：陳湯為漢代能吏，此詩顯然是在為陳湯張揚。以短衣腰繫寶刀之
　　形象描繪陳氏，又肯定他實行實幹而不務空言的優點。三、四又
　　舉生平二事，發兵斬郅支單于首尤為大功一樁。二句用四、三句
　　法不免拗舌。五句之「奪氣」對六句之「吹毛」，雖俗而不墜。
　　最後二句是說：陳湯是漢代名臣，智勇雙全，鶴立雞群，卓有功
　　勞，最後卻以賄徙邊，還長安旋亡，為他打抱不平。

364. 杜甫與邵雍 ── 書事十首之一

　　幼作淳熙版籍民，老逢景定改元新。
　　殘年且盡杯中物，他日誰澆柏下人。
　　長鑱谷中忙斸雪，小車花外徧尋春。
　　吾評子美饑寒態，不似堯夫快活身。（卷三一，頁 1682）

按：此詩前四句自詠自抒，由淳熙到景定，正是後村的一生寫照。殘
　　年盡酒，不問身後，十四字說透他的晚年人生觀。五句忽然一轉，
　　遙說杜甫同谷入山斸雪求食之事，直扣七句之「饑寒態」，六句
　　卻寫邵雍「獨樂園」悠然自得之生涯，正指八句之「快活身」。
　　一悲一喜，一愁一曠，對照得清清楚楚，似為二位先賢各立一小
　　傳，亦為自己生涯作一註腳。

365. 錄顏魯公事

　　世亂朝危節少全，魯公大義薄雲天。
　　憫忠親以舌舐血，罵賊屍猶瓜透拳。
　　曾餌仙丹元不死，求容鬼質豈其然。
　　郎君自有麤材客，焉識堂堂父執賢。（卷三一，頁 1687）

按：顏魯公乃一代忠臣烈士，文天祥〈正氣歌〉中曾詠頌之。真卿當
　　安祿山叛變時，為河朔諸郡推為盟主，威震一時。德宗時奸相盧
　　杞逼他出諭李希烈，希烈脅之不從，剛烈殉國。故本詩首二句正
　　言魯公之大義澟然，以比襯亂世少節士。三四「以舌舐血」實寫，
　　「猶瓜透拳」虛擬。五、六轉出求仙餌丹之逸事，使人透一口氣，

六句又扣賢。末二句結得平實。

366. 贈崇安劉相士

> 向來種花地，曾與五夫鄰。
>
> 有客我同姓，見君如故人。
>
> 赤身窮至骨，碧眼妙通神。
>
> 且問兩元老（陳、徐二公），何時定秉鈞？（卷三一，頁 1689）

此詩是另一首寫相士的作品，寫得簡約爽神。首二句介紹劉相士的鄉籍。五夫市在福建建寧府崇安縣東五夫里。妙在首句「向來種花地」，以種花烘襯相人之術。三、四兩句是流水對，對得灑脫：三「客」即四「君」，「同姓」、「故人」巧對，「我」、「如」不對而自然。五、六實寫其人形象：「赤身」是半虛寫，「碧眼」是全實描，好在「窮至骨」與「妙通神」之對擎。相士亦摸骨乎？相士其神仙乎？末二句草草收拾，亦無可奈何。

367. 羊祜與孫權——得江西報六言之七

> 典午無蜀可也，孫氏畫江守之。
>
> 輕裘緩帶自若，拔刀斫案不疑。（卷三一，頁 1691）

按：〈得江西報六言〉共十首，是指江西經開慶元年元兵侵擾，皆已殘破事。詩記當時江西被兵景象，往往借古喻今。

　　此首未嘗不可獨立，視作吳、晉二英雄之小傳。首句意思晦澀，似謂司馬氏可不得蜀，不可不下吳。但東吳孫權，乃一代英豪，畫長江而堅守其土。晉朝派儒將羊祜率兵臨江，而孫仲謀拔刀斫案，以示主戰不求和、降之決心。二事時間上雖稍有參差，詩中固不忌也。一人六字，已足以摛寫其人風采。且予人一柔一剛之錯覺或假象。

368. 范、陸、杜、陶四詩人——海棠七首之二

> 范公蜀西曲，陸老劍南詩。子美渠曾道，淵明葷豈知？
>
> （卷三一，頁 1697）

按：范成大曾帥蜀，其〈醉落魄〉詞云：「碧雞坊裏花如屋，燕王宮
　　下花成谷。不須悔唱〈關山曲〉，只爲海棠，也合來西蜀。」迷
　　戀海棠之態可掬。陸游官蜀期間，多作海棠詩，如〈成都行〉：
　　「成都海棠十萬株，繁華盛麗天下無。」而杜甫不詠海棠，明
　　人俞弁《逸老堂詩話》卷下已言之，此處後村恐誤記（或「渠」
　　字解作「何」）。至於淵明，生時恐未見海棠，他痴愛菊花之忱，
　　倘移諸海棠，不知又是何等光景。將四位大詩人逆溯成此詩，
　　亦別具風致。蓋詩人都是愛花客也。

卷三十二

369. 漁村林太淵相訪

　　　　不但親傳亦飽參，妙年青乃過於藍。

　　　　一斑昔已窺而見，三顧吾何德以堪。

　　　　之子鳳兮眞有種，汝曹犢耳可無慚？

　　　　自嫌老病難留客，只伴樗翁數刻談。（卷三二，頁 1701）

按：林泳字太淵，號弓寮、漁村，詩人林希逸之長子，寶祐元年進士，
　出宰安溪，有詩文集。善墨竹，能篆書。首句點題：得希逸家學
　眞傳，自己亦能飽參詩法，故有次句青出於藍之譽，一啓一收，
　自然成章。一斑見寶，昔日已窺，三顧吾廬，今天自謙。五句讚
　之爲鳳，六句以凡夫俗犢爲襯。末二句又寫實。看來末句的「樗
　翁」亦爲林泳的另一別號。其實本詩主旨集中在一、二、三、五
　等四句。

370. 臨江使君陳華叟哀詩二首之一

　　　　衆聞鳴鏑驚麇散，獨奮空拳躍馬迎。

　　　　嚼齒罵聲殊未絕，歸元血面尚如生。

　　　　睢陽合祀無南八，河北諸城有杲卿。

　　　　可惜援師來已晚，當時巷戰只州兵。（卷三二，頁 1702～1703）

按：臨江使君陳華叟，即陳元桂，江西撫州人，淳祐四年進士，累官
知臨安軍。時聞警報，築城備禦，以焦心勞思致疾。開慶元年春，
元兵至臨江，制置使徐敏子在隆興頓兵不進，元桂力疾登城，坐
北門城上督戰，矢石如雨，力不能敵。吏卒勸之避去，不從。有
以門廊鼓翼蔽之者，麾之使去。有欲抱而走者，曰：「死不可去
此。」左右走遁。師至，元桂瞠目叱罵，遂死。敏子以聞，贈寶
章閣待制，立廟北門，諡曰正節。爲宋季忠臣烈士，的確可以比
美唐朝的張巡、許遠、南霽雲，以及顏眞卿、顏杲卿兄弟。

此詩首二句先寫「眾」人驚惶怯懦之狀，「鳴鏑驚散」，頗亦傳
神；次句「獨奮空拳」已很生動，「躍馬迎」更增姿態。麾、馬頓成
強烈對比。「嚼齒」、「歸元」本不相對，但「元」可別解爲「首級」
則似爲借對。「罵聲殊未絕」、「血面尚如生」對仗得自然。五、六兩
句，似喻非喻，似比眞比。南霽雲未陪葬張、許，固爲一憾；杲卿則
足陪乃兄。其實烈士遺蹟俱在，祀不祀，合葬不合葬，有無廟宇紀念，
皆其餘事。末二句又補充敘事。

「之二」的三、四句「骨香萬死何曾腐，膝屈千生不復伸。」以
膝屈對骨香，以生照死，正可補前首之未足。

371. 挽閩漕章吏部二首之一

邂逅曾傾蓋，殷勤許掣鈴。榮枯一炊黍，聚散兩浮萍。
方喜占郎宿，俄驚隕使星。遙知華表路，新種短松青。

（卷三二，頁 1726）

按：此章吏部應指景定前福建路轉運判官章鑄，其墓在臨安府昌化
縣。

此詩首二句對仗尙稱自然，「傾蓋」、「掣鈴」對得很巧妙。榮枯
炊黍，借用〈黃梁夢〉典，聚散浮萍，則爲熟用之比喻。五、六「占
郎宿」、「隕使星」亦切合事實。末了卻由「隕使星」引申，華表將建，
新松已青。用「遙知」是預擬，用「新種」便踏實。

372. 挽六二弟二首之二

向來造詣極深醇，土苴浮名貴重身。

無愧里中稱正士，有辭地下白先人。

〈大招〉誰識三號禮，小斂惟消一幅巾。

老別親朋猶作惡，可憐白首哭天倫。(卷三二，頁1747)

按：六二弟，即後村季弟克永。字子修，生七歲而孤，其母魏國林自
教之。與後村共爲詩，甚精彩。後村歸老時，克永已逝兼旬，年
五十六。此詩首句稱讚克永詩之造詣深醇，可謂開門見山；次句
說輕視世俗浮名，二義並存，則克永之面目如見。「正士」正寫，
「地下白先人」側寫。〈大招〉重喻，小斂從容。末二句真真寫
出兄弟手足之情。

373. 林逋與林光朝——寄題小孤山二首

鼻祖耳孫同嗜好，買山世世種梅花。

直從和靖先生戶，割上寒齋處士家。

二

梅花種子無窮盡，和靖何曾占斷休？

若向鼻端參得透，孤山不必在杭州。(卷三二，頁1758)

按：林光朝爲後村特別欣賞的當代詩人之一（西元1114～1178年），
字謙之，號艾軒，又號寒翁，莆田人。專心聖賢踐履之學，動必
以禮。南渡後以伊洛之學倡東南，自光朝始。曾擊茶寇於嶺南，
品格清高。後村曾有〈小孤山記〉之作：「初，寒翁之齋甚樸，
亭台尤草草，柳風榕月，足以吹面照懷而已。二子亦隱居求志，
因先人之舊，稍推廣之，植梅數百株，增屋數百楹，曰付珠，二
子自名，自箋其義曰孤山者，予所名。……昔艾軒先生有『吟詩
合住小孤山』之句，和靖林也，艾軒寒翁，亦林也，此予爲二子
名軒之意也。……甚矣，寒翁之似和靖也，二子之似寒翁也。」
此詩前首直抒其事，三句楔合和靖、寒翁，用「割上」一詞，似

稍生險。次句尤好。

　　次首「梅花種子無窮盡」，直承「買山世世種梅花」而來。次句說得明白，亦直紹上一首的三四句而濃縮之。三句一轉，力求具實，「鼻端」參梅花，亦猶人心參禪理，最後以孤山不必在杭結，「小孤山」不是孤山，也是孤山！此詩以梅與孤山為媒介，撮合古今四雅士——林逋、林光朝及其二子。

卷三十三

374. 信庵丞相爲余作墨梅二軸謝以小詩

天畀春翁一段奇，發函虹氣貫茅茨。

肯移金鼎調元手，爲作玉龍㔉雪枝。

絕豔從教百花妒，秘藏莫遣六丁知。

信庵丞相親分付，麾去花光與補之。(卷三三，頁 1761)

按：信庵丞相，即趙葵，忠肅公幼子，意氣豪邁。

此詩以趙相之墨梅發興，兼及趙氏之人品氣魄，並透露二人間的友情。

「天畀」「一段奇」，描寫趙相所作墨梅，頗爲恰切，而次句之「虹氣貫茅茨」，則更逼進一層。金鼎調元手，展示趙相身分；「玉龍㔉雪枝」，明說墨梅風采。百花之妒，事出有因，莫教六丁知，深恐其竊去盜去也。末二虛設：「花光」本指花之光彩，此處似與補之共充擬人角色，在墨梅面前，二者不足爲道矣。

375. 方蒙仲秘書哀詩三首之三

平生最受魯公知，手簡材翁語極悲。

海內奇才都有幾，世間瑞物不多時。

君歸上界騎麟去，客過新陵下馬誰？

　　　筆禿無花哀久矣，可供拂拭作銘詩！（卷三三，頁 1779）

按：蒙仲名澄孫，（西元 1214～1261 年），以字行，辛酉九月卒，葬
　　以癸十一月，墓在白杜路口之原，此詩作於是年冬。他是淳祐六
　　年進士，官至祕書丞。始以文字見知於賈似道，及似道相，蒙仲
　　獨求外補，終其身。可見他的才華和節操。

　　　首句說出他與似道的淵源。次句說他和楊萬里族弟夢信的交。
三、四句感慨最深：奇才少有，瑞物不久——瑞物即奇才也。五、
六對仗工切。「下馬誰」？莫非即指後村本人？或暗喻人情冷薄。末
二句又是七律收結套語。惟「無花」、「拂拭」尚堪一誦。

376. 挽林新恩君用

　　　汗血早曾空北野，蒼顏晚始對南廊。
　　　風雲志懶功名左，月旦評佳意味長。
　　　玉鏡相從歸吉兆，錦衣不待拜高堂。
　　　吾銘未必堪傳遠，留與賢郎自表岡。（卷三三，頁 1782～1783）

按：林汝礪，字君用，辛丑始奉對南廊，景定壬戌奄然而逝，年七十
　　三。子寅公，將以癸亥臘月奉父母二柩合葬於陂山之原。

　　　此詩首句謂早年在北方曾享大名，晚年始因子寅登科而奉對南
廊，故曰「新恩」，此二句有惋惜大才不得用之意，對仗得巧；三句
續展此意，四句強調其聲望之好。五、六句謂子得科第，而父竟撒手。
末二句又是局終謙虛的老調。

377. 題林文之詩卷二首之一

　　　叔季詞人雜雅哇，喜君詩卷美無瑕。
　　　朋儕卻走避三舍，句律嶄新成一家。
　　　肯學小兒烹虱脛，要看大手拔鯨牙。
　　　村翁豈敢持衡尺，直爲癡年兩倍加。（卷三三，頁 1793）

按：全集卷一一〈跋林子彬詩卷〉：「玉融林君子彬之詩七十篇……子

彬字文之。」

此詩首句歎當世之詩風混亂，雅俗不分，次句推譽子彬詩美好無瑕疵。此種反襯法甚有效果，但不免誇張。三四雖有拼湊之嫌，依然表現出林詩之好處——嶄新，自成一家。朋儕走避者，咸自以爲不及也。五句自反面說，謂文之不屑爲虫吟，六句則許之以李杜拔鯨手。末二句又是自謙，亦聊表前輩身分。詩中稱人作品，每難免過譽也。

卷三十五

378. 讀太白詩一首和竹溪

> 翰林萬里出峨嵋，曾受開元帝異知。
> 只道高爺能毀折，無端環子亦嗔癡。
> 空傳飛燕當時句，難覓騎鯨以後詩。
> 的是長庚星現世，粃糠伯友與王師。（卷三五，頁 1875）

按：此詩詠李白一生，雖未能面面俱到，亦已點出重心。前句寫他的籍貫身世，次句說他曾受知于玄宗：「異知」二字值得注意。三四句感慨高力士、楊玉環排擠他：「只道」、「無端」二詞真用得好，「毀折」重說，「嗔癡」輕吟，相對成趣亦痛切。〈清平樂〉三首固好，後來騎鯨，乃指晚年事：杜甫〈送孔巢父謝病歸遊江東兼呈李白〉有句云：「若逢李白騎鯨魚。」在此蓋喻太白天仙之詞也。「難覓」者，他人難以比匹也。

七句蓋針對李白名字之來由：夢長庚（太白）星而降世。亦正喻李白為天縱之詩人。末句出自李華所作太白墓誌銘：「下為伯友，上為王師。」而誇飾之。「粃糠」二字亦運得好。

全詩七張八弛，太白面貌精神如見。比諸前幾首，此詩字字為用，並無空泛之句或自謙之語。

379. 大行皇帝挽詩六首之一

永厚傳嘉祐，重華繼紹興。方恢周境土，忽治漢山陵。
儉匪珠襦殮，危猶玉几憑。遙知天上樂，難返白雲乘。

（卷三五，頁 1884）

按：此大行皇帝指宋理宗。理宗爲太祖十世孫，名昀，繼寧宗立，
　　與蒙古會師，共滅金國；但賈似道等弄權，國勢不振，在位四
　　十年。

　　凡臣子爲皇帝作挽詩，必恭而敬之，頻讚其功德，而忽視其缺失，
此詩亦不能例外也。

　　首二句讚理宗能紹承先人之業：仁宗是北宋的好皇帝，高宗是南
宋的第一君，故以此二人作代表。「永厚」、「重華」，無非讚頌之辭（其
實高宗何以當得起「重華」二字！）三句直指與蒙古滅金之事，四句
慨惜其崩亡。五句稱其儉，六句頌其勤（可疑的讚頌！）末二句謂仙
駕自在，惜臣民不能挽回天命。按理宗曾二度向克莊索取文稿，實有
知遇之恩。

380. 歐陽守道——病中雜興五言十首之四

李廣飛將軍，世南行秘書。乃知數寸管，不及丈二殳。

（副題〈懷歐陽巽齋〉，卷三五，頁 1906）

按：歐陽巽齋名守道，字公權，吉州人，淳祐元年進士，少傅呂文德
　　舉九十六人，守道預焉，後遷著作郎卒，故後村稱之爲「秘書」。
　　又按：杜牧〈聞慶州趙縱使君與黨項戰死〉有云：「誰知我亦輕
　　生者，不得君王丈二殳。」此詩似謂李廣飛將軍，雖然數奇不遇，
　　畢竟千載揚名；歐陽守道有才學——身懷「數寸管」，乃不及將
　　軍手仗「丈二殳」也！其運思頗奇。

卷三十六

381. 題放翁像六言二首

三百篇寂寂久，九千首句句新。

譬宗門中初祖，自過江後一人。

詩倍太白子美，年高轅固伏生。

卻鶴膝枝身健，讀蠅頭書眼明。(卷三六，頁 1924)

按：陸游為公推的南宋第一詩人，也是後村一生景仰的前輩作手，他
自己的作品也頗受放翁影響，故此二詩雖皆不長，六絕不過二十
四字，已寫盡他的仰慕之忱。

前首以陸詩九千首上配三百篇，何等氣象，何等身價！末二句更
以「初祖」、「過江後（第）一人」譽之，無以復加矣。二首更稱陸詩
上比李杜而多（李、杜詩各一千多首），年高（八十五），則稍遜伏生
之九十，亦已難得。末二句以二事說陸之身心健康，老當益壯。八句
全部對仗，甚好。

382. 題誠齋像二首

歐陽公屋畔人，呂東萊派外詩。

海外咸推獨步，江西橫出一枝。

平園左相亞傅，澹庵資政端明。

老先生活八十，中秘書了一生。（卷三六，頁 1924）

按：楊萬里（字誠齋）是南宋唯一在質、量兩方面都可與陸游比美的
詩人。他有詩二萬首（今已遺失大半），與周必大同，但必大畢
竟是二、三流的詩人，萬里詩則水準頗高，且有創意及創調。後
村對他的敬佩，也可說其來有自；前首的三句說「海外咸推獨
步」，但參酌該詩的其他三句，則可以了然在後村心目中，楊萬
里畢竟不能勝越陸游也。

第一首說他的詩之好，以及淵源所自，第二首專說他的長年多壽。

首句以歐陽修起興，永叔爲北宋詩壇領袖，因此「屋畔人」已足
爲萬里添加身分。呂本中作〈江西詩社宗派圖〉，未列入楊萬里，但
誠齋曾自述作詩過程，承認自己嘗受江西派影響，說是「派外詩」，
是邪非耶？詩句之妙亦正在此。末句又明示「江西橫出一枝」，把他
看作江西的別派；誠齋若身後有知，似亦不會反對，或可以加上一句，
青出於藍而青於藍。

二首專寫誠齋之長壽，他享年七十九歲（西元 1127～1206 年），
古人以虛歲計齡，恰好是八十。除了年壽，還要比事功。周必大（平
園）、胡銓（澹庵）皆爲廬陵人，與萬里同鄉，二人一爲左相，一爲
資政，而萬里則僅官中秘書，直述中有感慨焉。

卷三十七

383. 讀嚴光傳二首

一栖巖壑一冲霄，冠履聯翩建武朝。

招得故人來話舊，也呼文叔作唐堯。

羊裘素不習朝儀，公遣西曹屈致之。

道是君癡君不爾，巢由安肯見羊夔？（卷三七，頁2000）

按：嚴光（莊光）故事人人耳熟能詳。但後村此二首七絕，似有作翻
案文章之意。其實後村心性，不似前之楊萬里，後之袁枚，喜作
翻案詩，因此這兩首嚴光詩，更值得吾人注意。

前首首句明寫嚴光與漢光武帝之間的巨大差異：一棲巖穴為高隱
之士，一淩雲冲霄為天子；二句「冠履聯翩」明為寫實，其實已隱含
反諷之意（此意到次首末句表露得更清晰）。

「招得故人來話舊」，平實如話，但四句之「也呼文叔（劉秀）
為唐堯」，便有強烈的諷刺或揶揄意味了，一位高隱之士，難道也喜
歡歌功頌德？「也」字看是輕放，其實自有深意。

次首首句「羊裘素不習朝儀」，「羊裘」是寫照嚴光，恐已隱含「雖
隱非貧」一義；不習朝儀是正寫。二句「屈致之」亦是正寫，但是否
在「屈」之一字裏別有文章？見仁見智。三句「道是君癡君不爾」，

正寫，亦露諷意。末句之「巢由安肯見皋夔？」對素心的讀者來說，無異是一個晴天霹靂！好在早有「冠履聯翩」在前引道，亦不得怪作者結處突兀了。

384. 伍子胥——有感二首之二

> 夷齊怨惡本不念，堯桀是非今亦忘。
> 不知伍子嗔何甚？魂化為潮日夜忙。（卷三七，頁2002）

按：伍子胥因受伯嚭等讒毀，吳王夫差大怒，賜子胥屬鏤之劍以死。

將死曰：「樹吾墓上以梓，令可為器，抉吾眼置之東門，以觀越之滅吳也。」《史記正義》更載越伐吳時，子胥與越軍夢，令從橫山東南入破吳，又助作濤，盪羅城東開入滅吳。似乎子胥仇吳至甚。此詩由伯夷、叔齊說起，謂夷齊雖曾有怨恨周武王之心，絕食采薇首陽山餓死後，亦就不念舊惡了。至於堯舜、桀紂之是是非非，本不可忘，年久之後，亦何嘗不可忘懷！以此起興，來反襯伍子胥生前死後之言行。

伍子胥命否，一生而歷二大恨事：父兄之仇在楚，因鞭屍而解；個人之恨在吳，至死難忘。抉目親視敵軍亡吳，乃其尤耳。後村以達人的胸襟，歷史的宏觀，來責備伍子胥胸襟太過狹小：「魂化為潮日夜忙」，實在是令人遺憾的事；「日夜忙」三字劇力千鈞。

卷三十八

385. **蘇軾與吳革 —— 昔坡公倅杭，有憫囚詩。後守杭，幾歲除獄空，公和前作。廬山吳公前倅後守，踐坡補處，亦以歲除獄空，和坡二詩，寄示墨本，次韵附諸公後**

> 坡去二十載，尚有遺愛留。孤山領眾客，三圄無一囚。
> 吳尹學問人，刀筆蓋所羞。惓惓民隱瘼，不翅己戚休。
> 大意師長公，尚德賤智謀。談文及談政，儷美襄與修。

（卷三八，頁 2046）

按：吳革前爲臨安府通判，其行事與東坡近似，文彩亦翩翩可觀，時
　人稱爲「霹靂手」。

　　此詩先述東坡在杭州的功績：「孤山領眾客」，簡縮他建設西湖、
開渠築堤諸事；「三圄無一囚」直扣「幾歲除獄空」之事實。吳革部
分，則以「學問人」稱之，「刀筆」輔之；重民瘼爲另一大目；師法
東坡、尚德不尚謀則爲第三優點。末二句以北宋二名臣蔡襄、歐陽修
喻之，眞是掙足他的面子。而回顧首二句，乃知所謂「遺愛」，正指
吳革。前後照應，一氣呵成。

卷三十九

386. 李杜韓——唐詩

瀛洲學士風流遠，中葉唐慚貞觀唐。

靈武拾遺脫羈旅，開元供奉老佯狂。

戲茗翡翠非倫擬，撼樹蚍蜉不揣量。

賴有元和韓十八，騎麟被髮共翱翔。（卷三九，頁 2089）

按：此詩細寫半個唐朝的詩人詩史。

唐太宗設文學館，收聘賢才，得錄者謂之登瀛洲，故本詩首句以「瀛洲學士」代指初唐諸詩人——如初唐四傑、沈、宋、陳子昂、張九齡、杜審言等。「中葉唐」應指中唐，謂中唐詩不如初唐。「靈武拾遺」指杜甫，「開元供奉」說李白。五句「戲茗翡翠」謂李杜騎鯨大才，以此擬之不倫，而群小議論，猶如蚍蜉撼樹，不自量力（直接用韓愈〈李杜〉詩詩句）。末言韓愈始重振詩壇，與李杜共同翱翔。

按韓愈雖亦為中唐詩人，在後村的心目中，則一枝獨秀於元和之際（其他如白居易、柳宗元，暫不論列）。此詩直以李白、杜甫、韓愈為唐詩三傑，翱翔天地間。以「脫羈旅」、「佯狂」、「騎麟被髮」三語為三人造像，亦云妙矣。

387. 韓愈——雜詠七言十首

文公左目晚羞明，猶抱遺經細考評。

今汝畏書如畏虎，天公折罰使偏盲。（卷三九，頁 2097）

按：文公謂韓愈。韓愈晚年視茫茫近盲，但仍熱力不減，細讀古書，參詳經典，成爲後村另一個仰慕先賢的理由——創作古文、詩之外的韓愈，亦是後村偶像。

後二句調侃自己，已近於訶責。因爲視書如虎，所以老天罰他一眼盲瞽。其實很可能是因果倒置：因目盲而不甚觀書。

總之，這是以己烘人，以此稱譽韓愈——從一個他人罕用的角度。

文人、詩人極少自稱「畏書如畏虎」，雖是自嘲，亦頗富創意。

以「羞明」遙對「偏盲」，以抱遺經正對「如畏虎」，亦甚工巧。

388. 秦始皇——讀秦紀七絕之四

人所難言敢納忠，祖龍雖暴卻英雄。

同時見者皆薺粉，肯活茅焦沸鼎中？（卷三九，頁 2100）

按：以往評論者對秦始皇素無佳評，後村此詩中，卻獨取納諫一事讚揚之。當然焚書坑儒等劣行，在「之三」諸詩中亦貶斥之。

此詩首句以「人所難言」和「納忠」對照而連綴在一起。《史記・秦始皇本紀》：「十年，相國呂不韋坐嫪毐免，桓齮爲將軍。齊趙來置酒，齊人茅焦說秦王曰：『秦方以天下爲事，而大王有遷母太后之名，恐諸侯聞之，由此倍秦也。』秦王乃迎太后於雍，而入咸陽。」此事足見始皇亦有適度納諫之明智及胸襟。

本詩二句直讚始皇暴而有慧，故以「卻英雄」三字稱之。三句皆薺粉，或指呂不韋輩，或指其他齊趙諸士，或指其他上諫之人。茅焦勇諫，固可敬也，乃曰「肯活……沸鼎中」，表示他明知此事非同小可，而冒死上諫，如在沸鼎中營生，誇張得好，劇力千鈞。

389. 杞梁妻——讀秦紀七絕之一

> 黔首死於城者眾，杞梁身直一微塵。
>
> 不知當日征人婦，親送寒衣有幾人？（同上，頁2099）

按：齊莊公時，杞梁戰死，其妻（孟姜女）枕而哭，十日而城爲之崩。

而宋人《太平寰宇記》卷七則謂杞梁妻所哭城崩得夫骨，乃指長城。

此詩並非吟詠杞梁，甚至也不是正對孟姜而作，卻是借題發揮，哀矜古今戰爭中，死於戰火者眾，若杞梁者，不過恆河一沙耳。後二句以「征人婦」代孟姜女，卻把哭城之事，淡化（或轉化）爲「親送寒衣」，而留下較寬闊的想像空間。

死於城、一微塵、征人婦、親送寒衣，一氣貫下。而末三字「有幾人」舉重若輕。

此詩似可有二解：一爲詠戰爭之不仁，一爲詠婦人之貞愛，「有幾人」未必意指其罕見也。

卷四十

390. 張松年——再和張文學

安知後來者，所作不如今？孰可執牛耳，君能貫虱心。

孤根才一寸，老幹忽千尋。未必子期死，無人聽古音。

（卷四十，頁 2155）

按：張文學，即松年。本集卷一一一〈跋張文學詩卷〉云：「建安張
君仲節示余《玉澗稿》一卷，律體流麗，有元白材情閨思云。」

此詩首二句故意放開視野，意謂李杜以後，仍可有大詩人出世。
三四一轉：先問何人可執詩壇之牛耳？再說汝之詩細膩入微，可貫虱
心，可感世人；然則莫非可執牛耳者即張君？

五、六句用王安石詩之文典。〈蔣山手種松〉云：「青青石上歲寒
枝，一寸巖前手自移。聞道近來高數尺，此身蒲柳故應衰。」（《臨川
集》卷二八）一首詩濃縮成十字，本來是說手種的松樹，後村卻巧妙
地把它用作象徵：謂張松年由小而大，成長甚速，已儼然巨擘矣。妙
的是他恰好名叫「松年」。此處稱譽之盛，幾無以復加矣。

末二句不過說：世有傑作，必有知音。鍾子期死，伯牙為之摔琴
絕樂，但泛而言之，鍾子期未必有一無二。無非謂汝之佳作，吾能賞
之，世人亦能。

另一首〈和張文學投贈〉:「身如老桐樹,拱把至於今。閱世已焦尾,無人知苦心。」(同上,頁 2153)先讚松年之老而彌健。三四句謂他閱世甚深甚苦,知音難得。可與前詩並看。

391. 贈日者袁天勳

> 多識名公與鉅卿,也攜贄卷到柴荊。
> 神巫未易覘壺子,太卜安能筮屈平?
> 且喜天綱家有種,不憂〈日者傳〉無名。
> 村翁耄矣詩全退,同社諸人名善鳴。(卷四十,頁 2158)

按:此人生平無考,但細看詩意,似乎是後村同詩社的詩友(末句可
　　作明證)。

前二句明白交代此人之背景及行徑:多識公卿(寧無些許貶意?),今執詩卷來舍下就教。三四兩句甚妙:明是爲日者吟詩,卻懷疑卜筮之術有多少能耐:壺公是仙,神巫恐束手無策;屈原是大詩人,太卜亦安能卜之?五句不爲已甚,稱他是袁天綱的傳人。按:袁天綱,唐代成都人,精風鑑,相人窮通輒奇中。武后幼時,由姆抱以見之,紿以男嬰,天綱驚曰:「龍瞳鳳頸,極貴驗也。若爲女,當作天子。」其神妙若此。因而以天綱比天勳,實爲至高之讚揚。六句不過小小補充。

末二句又自謙詩退,以反襯詩社諸友之詩「善鳴」,亦可視作對袁氏詩作之側面賞鑑。

此詩若不視作酬應之什,則袁天勳亦可藉一首七律傳名於世矣。

392. 贈雪山李道人

> 巧曆推修短,前知定吉凶。吾爲立標榜,喚做小淳風。
>
> 二
>
> 離亂雪山隔,艱難蜀信通。道人能縮地,移取向江東。
>
> (卷四十,頁 2167)

李道人不知何許人也,但看這四十個字,他的形象已了然在目。前首

首句說他善於曆算，有製作渾天儀之功，又能推論人命之長短，生涯之吉凶，次句繼之，加重力量。三四句正面讚揚，十分肯定：「立標榜」便是大張旗鼓。小李淳風則身分十足矣。按：李淳風乃唐代雍人，幼讀群書，明步天、曆算，貞觀初以將仕郎直太史局，製渾天儀。遷太史令。著有《法象書》七篇、《典章文物志》等。這位雪山李道士，恰好與淳風同姓，故以彼喻此，順水推舟。

次首推擴其異能：四川道路艱難，雪山阻隔，李道士竟能「縮地」移取蜀信到江東，疑爲《水滸傳》中神行太保戴宗一號人物，神行於山嶺之間，快速送達重要訊息。可惜其事蹟已難考矣。

後村於三教九流之能人，固甚鍾愛也。

393. 范曄與魏收 —— 寓言

衣薰三日不歇，猶臭十年未已。

寧爲蔚宗香傳，不作魏收穢史。（卷四十，頁2169）

按：范曄字蔚宗，順陽人，撰《和香方》，是《後漢書》作者，此處借其著作名表示良史揚名不朽；魏收，北齊人，與溫子昇、邢邵齊名，受詔撰《魏書》，揚言「何物小子，敢共魏收作色！舉之則使上天，按之當使入地。」以是眾怨沸騰，時有「穢史」之號。

此詩看似簡單：以范曄比魏收，一正一反。但古今史家之操守格局，已盡在此二十四字中矣。

「三日不歇」對「十年未已」，尖銳而復平實。

卷四十一

394. 無庵于道人 —— 贈無庵于道人六言一首

一無盡空諸有，孤立何須同參。

道人不置產業，寄迹孟家廢庵。（卷四一，頁 2182）

按：無庵于道人生平雖不可考，只「無庵」二字，已足吸引詩人注目
關心。「盡空諸有」，說得何等坦蕩！「孤立」正對「一無」，不
必同參則明說參道乃個人身心修爲，不必從眾。

後二句印証了「無庵」、「一無」之真實性。按孟家指孟珙，字
璞玉，自號無庵居士，爲南宋名將，於淳祐間拜檢校少保，封漢東
郡公。習稱保相。詩末有作者自註：「昔孟保相自號無庵，穆陵宸翰
爲書其匾。」無庵道人居住在無庵居士家之廢庵，天下佳話，孰甚
於此！

不治產業才是高僧之本色，一無到底，色相俱空。此「道人」非
道士，乃有道和尚也。

卷四十二

395. 丞相信庵趙公哀詩五首之四

　　自是乾坤閒氣生，吾猶識此萬人英。

　　博求駿骨千里致，忽割牛心四座驚。

　　古有詩人悼房琯，今無壯士哭田橫。

　　遙知嶽市新華表，過者徘徊下馬行。（卷四二，頁2192）

按：趙相指趙葵，京湖制置使方之子，有志事功，父器重之。每聞
　　警報，與諸將偕出，遇敵則深入死戰。咸淳元年加少傅。次年
　　舟次小孤山斃，是夕五洲星隕如箕，年八十一。故本詩中特別
　　寫到「今無壯士哭田橫」，其實他固是名將，甚至可誇張為名相，
　　上比唐代之房琯（杜甫曾譽之，上書救之），但他畢竟不是壯烈
　　殉國之田橫，故五句好，六句稍誇張失實。「閒氣」原本作「間
　　氣」，據理改訂：蓋「閒氣」指地靈人傑，趙相當之無愧，次句
　　輔首句。

　　　三句謂趙葵效燕昭王聽郭隗言，千金買駿骨而求千里馬，廣招人
才；四句用王羲之典：羲之幼木訥，人未之奇，十三歲謁周顗，顗察
而異之，時重牛心炙，坐客未噉，顗先割啗羲之，因此知名。想當是
趙相亦有類似的行徑，恰好與上句相輔相成。嶽市當指岳陽，華表遺
思，行人下馬徘徊，一英雄名臣之形象，了了如繪。「之三」有「白

刃在前裹瘡戰，黃麻拜右掉頭辭」二句，前句指他少時從父出入抗金前線，屢立戰功；後句指淳祐九年特授光祿大夫、右丞相兼樞密使，四上表力辭，乃罷，以此表揚他的謙退之風。

396. 伍子胥——君臣

千古靈胥怒，惟知有伍奢。安知崇伯子，北面事重華。

（卷四二，頁2202）

按：伍子胥為父親伍奢屈死而叛楚逃吳，且引吳兵攻楚，掘平王屍而鞭之以復父兄仇。此人子為父報仇而忘君國之義也。不如夏禹父鯀，以崇伯事堯，其子禹，事舜，——父子各事一君而不悖。當然，以此例彼，其實並不公允。因為鯀之被殺，乃治水失當而獲罪天下，伍奢則是純粹冤獄。不過後村之意是：於父子、君臣之誼，應有所權衡取捨。

首句以「靈胥」稱伍子胥，一因子胥亡後有顯靈之說，一因後村對子胥仍保有相當程度之敬意，他之責貶，乃春秋之義也。

397. 朱買臣妻與陳仲子妻——夫婦

翁子妻求訣，羞慚婿負薪。不如辟纑婦，保守灌園人。

（卷四二，頁2203）

按：翁子是漢代朱買臣。買臣擔束薪，行且讀書，其妻恥之，棄之而去，後買臣為太守，前妻羞愧自經。陳仲子為齊人，不齒兄食祿萬鍾，乃攜妻適埊居於陵，窮不苟求，身自織履，妻擘纑以易衣食，楚王聞其賢，欲以為相，相與逃去，為人灌園。

在此詩中，後村又拈舉兩位古人的妻子，作為一個強烈的對照：賢愚之別，在一念之間，嫌貧愛富，非正規夫婦之道。「負薪」、「灌園」，天然妙對；「羞慚」乃常語，「保守」卻度得忒妙。

398. 王濟與王湛——叔姪

二王與二阮，尊幼自相推。卻恐外人笑，兒癡叔亦癡。

（卷四二，頁 2203）

按：晉人王濟爲當代名士，叔湛無名，素爲人所輕。一日相遇，傾談
之下，始知其文武全才，深不可測，爲之揄揚，武帝每見濟必稱
「卿之癡叔如何如何」，濟既得湛，乃謂帝曰：「臣叔不癡！」阮
籍、阮咸叔侄俱爲詩人，咸又爲音樂家，在此乃用以襯托濟、湛
者。

「尊幼相推」是正說，後二句則是巧妙地自反面落筆：人笑吾叔
癡，莫非「兒」亦癡？不癡不癡！反言若正是也。

399. 劉秀與嚴光——朋友

張陳翻覆易，管鮑始終難。帝腹容加膝，劉郎尚歲寒。

（卷四二，頁 2205）

按：張耳、陳餘，戰國末人，原爲好友，終因故翻目成仇。管仲、鮑
叔牙，終生好友，不因富貴貧賤而異。這是千古友情的最好對照
組。

此二例只是用來烘托劉秀、嚴光這一對君臣好友。布衣之交，雖
位至天子而不改。劉秀雖不能勸動老友出仕、爲他效勞，但可以邀他
共卧話舊，致驚動天官。江山可改，友誼常在，何等難得。以足（膝？）
加帝腹，非嚴光唐突，乃一片天性流露也。「歲寒」者，松柏常青也，
兼指嚴光的風骨及二人間的友誼。

卷四十三

400. 黃器之──賀黃察院

> 自從慶曆親除後，直到咸淳第四年。
> 當道犲狼驚破膽，通天狐不敢垂涎。
> 豸冠本多觸邪義，麟筆它時責備賢。
> 八十九翁盲且耄，有〈徂徠頌〉獻無緣。（卷四三，頁 2239）

按：黃器之，即黃鏞，寶祐間爲太學生，與陳宜中等攻丁大全坐放，
　　時稱「六士」或「六君子」。後擢第爲監察御史，累遷給事中。
　　德祐初同簽樞密院事兼權參知政事，明年元兵至，乞歸養。

　　此詩前二句實寫黃器之的仕宦生涯。三句謂攻奸使喪膽，四句謂
狐臣不敢犯。然句讀不諧，對仗舛錯。五六句慨嘆正直之人必遭奸邪
厭惡排斥，然春秋之義終不可缺。此詩末二句應是說器之已年高八
九，目盲身老病，故不能親自獻賦頌之了。

　　一首詩寫一個人，二十八字亦已足矣。

401. 李夫人──古宮詞十首之一

> 妒亦常情爾，長門譴太深。猶將金買賦，萬一帝回心？

（卷四三，頁 2261）

按：此詩明詠李夫人因妒遭漢武帝打入冷宮——長門宮——之事。
首句先爲李夫人開脫：妒忌是人之常情，何況她是宮中妃嬪！同
時到底武帝之貶她，是否以妒爲藉口，亦不易明。故二句微諷武
帝之「譴」太過深重。三句乃轉以李夫人爲主體，被貶斥後，心
猶不甘（此亦常情），乃以千金爲酬，請司馬相如作〈長門賦〉
以勸武帝，冀其回心轉意，末句用「萬一」打頭，何等委屈，何
等謙卑，令人一灑同情之淚。

402. 沈約與齊文惠妾

八代更相禪，休文北面蕭。不如文惠妾，垂淚記前朝。

（卷四三，頁 2262）

按：沈約字休文；文惠，齊世祖長子，名長懋，卒諡文惠太子。《梁
書・沈約傳》：「嘗傳讌，有妓師是齊文惠宮人，帝問識座中客不，
曰：『惟識沈家令。』約伏座流涕，帝亦悲焉，爲之罷酒。」沈
約祖、父俱爲宋臣，約仕齊爲征虜記室，所奉者即南齊文惠太子，
特受親遇。

　　此詩由沈家歷事前朝起興，諷刺沈約事齊，「北面」二字，眞乃
春秋之筆。文惠之宮人，尚能垂淚記憶前朝人事，約不識羞邪？
按：《梁書》原文，流涕者沈約，非齊文惠宮人。是否後村一時誤記？
抑故意作此曲筆？

　　又按沈約父璞爲宋孝武帝劉駿所殺，約逃竄他鄉，遇赦得免。
明帝時爲郢州刺史蔡興宗記室，生活放蕩。又爲劉燮法曹參軍，兼
記室，入爲尚書度支郎。齊高帝時爲蕭長懋記室，帶襄陽令，長懋
立爲太子，甚見賞識，又爲蕭子良所賞，爲竟陵八友之一。後齊明
帝又徵入爲五兵尚書。蕭衍代齊，約以舊友而受重用，授爲尚書僕
射，封建昌縣侯。約又勸衍殺齊和帝。旋爲太子蕭統之僚屬，遷尚
書令，領太子少傅。然則一人歷事三朝，其操守如何，亦可測知。
後村諷之不冤。

403. 黔婁妻——處士妻十首之一

死無衾覆首，貧乃士之常。婦謚爲康子，何須問太常？

（卷四三，頁 2263）

按：魯國黔婁爲有名的貧士，曾不食嗟來之食，死，曾子往弔之，問何以爲謚，其妻曰：「以康爲謚。」事見《古列女傳》卷二。

詩人每於細處見詩意，捉之成篇，涉筆成趣。黔婁妻之一字謚——「康」，多少涵義，多少境界！康者健康也，康者安樂也。黔婁有骨氣，其妻追隨一生，亦解氣節之爲事，故有此信口而出之謚號，宮廷太常，安解此義？淵明之私謚靖節，亦猶此也。

404. 接輿妻——處士妻十首之二

王遣金駟聘，先生已許王。徙家變姓名，非獨接輿狂。

（同上）

按：接輿即途遇孔子而口吟「鳳兮，鳳兮，何德之衰也！」之楚狂人。楚王聞其賢，曾使使者持金百鎰、車二駟往聘接輿治淮南。其妻謂接輿曰：「君使不從，非忠；從之又違（心），非義。不如去之。」接輿然之，夫妻遂變名姓遠徙他鄉。亦見《古列女傳》卷二。

《古列女傳》原文並未有「先生已許王」之記載。後村如此說，可視作曲筆，以此更見接輿妻之聰明廉潔，志行不減乃夫也。

有妻如此，接輿終生貧賤而無憾，死而無憾。

405. 陳仲子妻——處士妻十首之二

何必如郎伯，區區祿萬鍾。辟纑並織屨，足了一生中。

（同上，頁 2264）

按：陳仲子事已見前引。他不齒兄之安享富貴，寧可與妻子逃走，練麻織鞋，後更爲人灌園，心安理得，共度一生。

「足了一生中」，五字抵千言。

夫婦同心同德，其利斷金，其光輝可比月星。二句在「祿萬鍾」之上綴「區區」二字，尤見其氣概。

406. 老萊子妻──處士妻十首之四

王將托一國，自駕請先生。門外車跡眾，萊妻投畚行。

（同上）

按：《高士傳・老萊子》：「老萊子者，楚人也。當時世亂，逃世耕於蒙山之陽。……或言於楚王，王於是駕至萊子之門。萊子方織畚，王曰：『守國之政，孤願煩先生。』老萊子曰：『諾。』……妻曰：『妾聞之，可食以酒肉者，可隨而鞭棰；可擬以官祿者，可隨而鈇鉞。妾不能為人所制者。』妻投其畚而去。老萊子亦隨其妻至於江南。」

按：此詩將一個悠長的故事濃縮在二十字內。首句便見氣派：「王將托一國」！次句足成之：「自駕請先生。」「王」繼以「自駕」，「請」與「托」相應。三句虛構而若實寫，以烘托四句之「萊妻投畚行」。「投畚行」全是實寫，卻寫出萊子妻的氣概、節操來。

夫使妻貴，還不如妻使夫賢！

407. 梁鴻妻──處士妻十首之五

嫁與張京兆，新眉掃黛濃。不如伯鸞婦，長伴藁砧春。

（同上）

按：張敞為妻畫眉，梁鴻、孟光舉案齊眉，都是史上熟典。此詩妙處，在於將兩對夫妻的故事比對起來，以凸顯孟光之賢。

梁鴻為後漢平陵人，少孤貧，有氣節，博學，長娶孟光為妻，偕隱霸陵山，以耕織為業，哀帝求之不得，乃變姓名居齊魯間，後適吳，依皋伯通居廡下，為人賃春。每歸，妻為具食，舉案齊眉，相敬如賓。

此詩先寫張敞夫婦畫眉之樂，再說梁鴻伉儷生活清苦而怡然。「不如」一詞，評定高下。「虀砧舂」三字巧而切實，本意與夫爲舂，而「虀砧」（丈夫）二字，也正好是舂米之態。

408. 姜詩妻——處士妻十首之六

　　愛子死於汲，常情鮮不悲。賢哉孝廉婦，哭恐阿姑知。

　　（同上）

按：姜詩妻，《後漢書‧列女姜詩妻傳》：「廣陵姜詩妻者，同郡龐盛之女也。詩事母至孝，妻奉順尤篤。母好飲江水，水去舍六七里，妻嘗泝流而汲。後值風不時，得還，母渴，詩責而遣之。妻乃寄止鄰舍，晝夜紡績市珍羞，使鄰母以意自遺其姑。如是者久之，姑怪問鄰母，鄰母具對，母感慚呼還。恩愛愈謹。其子後因遠汲溺死，妻恐姑哀傷，不敢言，而託以行學不在。」

　　如此賢婦，眞是無以復加了。但詩只二十字，後村乃擇其要而抒寫之：只說子溺死強忍哀傷、隱瞞婆婆一事。

　　前二句先說人之常情，既佈此局，後二句之「賢哉」、「哭恐阿姑知」乃順流成章、水到渠就了。

　　「愛」、「悲」、「賢」、「哭」，一氣貫下，似疏實密。

409. 樂羊子妻——處士妻十首之七

　　遺金不知主，視若盜泉然。相與棄之野，婦賢夫亦賢。

　　（同上）

按：《後漢書‧列女傳》云：「河南樂羊子之妻者，不知何氏之女也。羊子嘗行路，得遺金一餅，還以與妻。妻曰：『妾聞志士不飲盜泉之水，廉者不受嗟來之食，況拾遺求利以污其行乎？』羊子大慚，乃捐金於野。」

　　在「處士妻十首」中，有些是詠夫妻同賢者，有些則吟妻感動夫而爲賢行正義者，此首顯然屬於後者。

首句開門見山，說出事實，次句引用樂羊子妻勸諫丈夫的話而簡化之。後二句可說是另一類的春秋之筆，婦賢夫亦賢！

「相與」二字，正是為下一句引導、張目，亦使全詩更為生動。

410. 龐公妻──處士妻十首之八

當日獻皇后，逃生屋壁間。何如伴龐老，同入鹿門山。

（同上，頁 2265）

按：建安十九年操命華歆幽殺伏皇后，皇后曾逃避於屋壁之間仍被揪
　　出。二子亦死。此詩詠龐公妻，卻以漢獻皇后作襯，其作法同於
　　「之五」以張敞夫妻反襯（半正半反）梁鴻夫妻。

龐德公，後漢襄陽人，居峴山南，未曾入城市，劉表延請不屈，乃就候之。德公耕隴上，妻耘於前，相敬如賓。劉表問：「先生不肯受官祿，將何以遺子孫乎？」德公曰：「人皆遺之以危，我獨遺之以安。」建安中，攜妻子隱鹿門山，因採藥不返。

此詩亦摘取龐德公夫婦故事之精華而成：

「伴龐老同入鹿門山」，言該意盡。另加「何如」二字，以作兩對夫妻之評比。

按漢獻帝乃末代皇帝，一生坎坷痛苦，富貴又有何用哉！龐德公夫婦素於生涯，安乎貧賤，卻悠然自得，天下帝王后妃，豈能與之相比。

411. 陶潛妻──處士妻十首之九

自從冀缺後，餉婦有誰歟？翟氏差辛苦，肯與夫荷鋤。

（同上）

按：冀缺，春秋晉國人，耨於冀，與妻子共事，相敬如賓。

陶淵明妻翟氏，亦甘於田家清苦生活，日常與夫同耕作，餉食供田。此詩簡述其事蹟，「清苦」之後，繼以「與夫荷鋤」，真樸之至。

412. 楊朴妻──處士妻十首之十

夫出隨羔雁，妻憂往不還。別詩眞善謔，帝笑放歸山。

（同上）

按：楊朴爲咸平、景德間隱士，朴居鄭州，魏野居陝，與之齊名。眞
宗祀汾陰，過鄭州，召朴，欲命之官，即問：「卿來得無以詩送
行者乎？」朴揣知帝意，謬云：「無有，惟臣妻一篇。」誦之：「更
休落魄貪杯酒，切莫猖狂愛做詩。今日捉將官裏去，這回斷送老
頭皮。」帝大笑，賜束帛，遣還山。

故事中的四句詩，既爲「謬曰」，其乃楊朴臨時編湊可知，但也
正表達了妻子和自己共同的心意。因此本詩以夫出隨羔雁、妻憂往不
還起興，正是說盡二人心事和默契。

末二句舉重若輕，明是讚許四句詩詼諧及眞宗的高度幽默感，實
質上仍在稱許楊朴家中有賢妻爲他歸隱不仕的有力後盾。

十首處士妻，雖未寫盡天下賢婦，至少一一可爲人間妻子之表率。

413. 項羽與虞姬──落花怨十首之五

春去花開謝，君王豈復知？不如劉項際，猶有葬虞姬。

（卷四三，頁 2270）

此詩表面上是詠落花，實質上是讚美項羽、虞姬這一對英雄和美人。

項羽敗垓下，虞姬泣而憐之。姬死，羽安葬之。由項羽之歌，亦
知此人能憐香惜玉，不似一般君王，視婦女爲玩物，不知「花開謝」，
正是比喻不知惜尤物佳人也。

後村寫五絕，往往著墨不多，點到爲止，而無限情思，正蘊涵其
中。

卷四十四

414. 轅　固

非竇太皇崇老子，呵公孫子詫周公。

漢廷可是無驍勇，刺豕須煩九十翁。（卷四四，頁 2292）

按：《漢書・轅固傳》：「竇太后好《老子》書，召問固。固曰：『此家
人言耳。』太后怒曰：『安得司空城旦書乎？』乃使固入圈擊彘。
上知太后怒而固直言無罪，乃假固利兵，下固刺彘，正中其心，
彘應手而倒，太后亡以復罪。……固已九十餘矣，公孫弘亦徵，
仄目而事固。」

此事甚奇：一奇在轅固生以《老子》書爲家人（尋常也）言，一
奇在竇太后不悅罰他刺豬，一奇在帝知其冤而賜以利器，一奇在刺豬
中的使仆。

詩亦頗奇：一、以「竇太皇」稱太后，蓋其時太后在朝聲勢正盛，
二奇在前二句句法爲一六句，甚爲拗口。三奇在次句之晦澀：呵公孫
弘，是當時公孫弘曾代轅固說話乎？「詫周公」，恐指周公求賢納善，
竇太后遠不及之。

末二句諷意十足，旨甚明顯。但轅固生固然活到九十歲，刺彘事
應非發生於他九十歲時。末句恐是「故意的錯謬」，以此製造非凡的

張力。

　　譽轅固、貶竇太后，二旨合一。

415. 李廣與韓康

　　　　醉尉怒呵故侯獵，亭長豪奪徵君牛。

　　　　射虎將軍餘怒在，賣藥先生一笑休。（卷四四，頁 2302）

按：此詩又是把兩個不同的人物連綴在一起，以完成作者心中的情
　　思。

　　李廣爲漢武帝時名將，退休後曾出獵歸，爲灞陵醉尉呵止於亭
下。亭長奪牛及賣藥，皆韓伯休事。《後漢書・逸民傳》：「韓康字伯
休，一名恬休，京兆霸陵人。家世著姓，常采藥名山，賣于長安市。……
遁入霸陵山中，博士公車連徵不至。桓帝乃備玄纁之禮，以安車聘
之。……亭長以韓徵君當過，方發人牛修道橋，及見康柴車幅巾，以
爲田叟也，使奪其牛，康即釋駕與之。」

　　此詩採用間隔交錯法，以三句應首句，以四句續二句，正好比較
兩種人生境態。

　　李廣落魄遭呵，怒不可遏，原屬正常反應；但不如韓康坦然釋牛，
一笑而休（「休」字巧合其名字）。二者相比，高下立判：是讚韓，不
是貶李。

卷四十五

416. 張良 ——記漢事六言二首之二

始欲報五世相，末不願萬戶留。

少從黃石公授，晚與赤松子遊。（卷四五，頁2352）

按：張良祖上五世相韓，故本詩首句以此爲話題，「欲報」二字，直寫子房本心。二句之「留」，乃巧妙的雙關語，表面上是動詞義：停留、留朝；其實亦可作名詞解：「留侯」之「留」，萬戶侯豈易得，然作者代良立言，明說「不願」。良之志節爲人，由此二句可知泰半。

後二句補足前半。黃石公橋下授書，是張良一生大業之伊始；從赤松子遊，是子房終生之歸宿。二者皆不可測之神仙一流人物，而「黃石」、「赤松」又恰是妙手天成之巧對！

417. 洛神 ——雜詠五言八首之三

燕燕鶯鶯喻，工於狀婦容。不如〈洛神賦〉，比擬作驚鴻。

（卷四五，頁2363）

按：曹植作〈洛神賦〉，實有一段曲折：其序曰：「黃初三年，余朝京師，還濟洛川，古人有言：斯水之神，名曰宓妃，感宋玉對楚王

神女之事，遂作斯賦。」但李善注卻說：植初求甄逸女不遂，後父以之予丕，植殊不平，晝思夜想，廢寢與食，黃初中入朝，帝示植甄后玉鏤金帶枕，植見之，不覺泣下，帝以枕遺植，植還，途息洛水上，因思甄后，忽若有見，遂作感甄賦，後明帝見之，改爲〈洛神賦〉，足見此賦中之洛神，實指甄后。

〈洛神賦〉中有「翩如驚鴻，婉若游龍」二語，素爲後人所稱，古今美女之宗也。

此詩雖然簡約，卻把洛神——甄后的形象，半抽象地勾勒出來了。畢竟鴻也龍也，均遠超出鶯鶯燕燕。

418. 李夫人——雜詠五言八首之四

圜令詞章妙，君王悔悟深。能回九重眷，只賣百斤金。

〈〈長門賦〉，同上）

按：圜令指司馬相如，君王指漢武帝。首二句對仗得忒好。「詞章」、「悔悟」，以實對虛，亦可視作當句對。

後二句亦巧設對仗：九重眷何等珍貴！能以一百斤黃金作筆資，藉相如綵筆寫成〈長門賦〉，感化君心，回情轉意，當然值得！故後村在末句度得「只賣」二字，完足此一主旨。

一字千金，幾爲千古定論。但到底是否因此回轉君王心，恐尚在未定之天！二十字已不暇及此矣。

卷四十六

419. 題韓柳廟碑一首

> 韓柳子孫皆物故，士民尸祝尚如新。
>
> 吾行天下已頭白，三百年唐惟二人。（卷四六，頁 2398）

按：韓、柳廟碑只是一個引子，全詩一句也沒有描述或說明，只說「士民尸祝尚如新」。此句與首句似對非對：就文字挑剔，韓柳對士民不工，「物」、「如」詞性亦不同；但以內涵論，則對得極為工巧：韓柳二人皆有子孫，今在何處？廟碑前後，不論泛泛之士民，抑或固守之尸祝，皆歷歷在目，表面上是如此，其實乃是浮現永恆不朽一義。

　　末二句則直接表達此詩主旨：大唐近三百年，只韓愈、柳宗元二人為最。當然，詩中言語，每不免誇張：以古文家言，韓、柳固然無匹；以詩人論，二人尚不及李、杜；至於政治、藝術、軍事等等方面，各有人傑，豈皆不如韓、柳乎！

　　三句「吾行天下已頭白」，看似可有可無的廢話，其實大有推波助瀾之效：行盡天下，始知韓、柳之偉大！

420. 讀韓信馬援傳一首

> 伏波自托真主，淮陰願為假王。

病厭鳶飛鼓躁，晚悲鳥盡弓藏。（卷四六，頁 2407）

按：馬援為伏波將軍，乃漢光武時一員大將，老當益壯，而晚年病弱
時，乃不堪外界之擾。韓信一度欲接受齊國假王之名義，後劉邦
授以真王。此詩亦採一三、二四模式，參差交錯為用。

前兩句對仗得甚巧，實事簡說，渾然天成。馬援亦曾見賞於王莽，
歸劉秀始得真主；韓信願為假王，或亦顯示大夫能屈能伸之旨。後二
句亦對得好。鳶鳥天對，鼓弓皆物具，「飛」、「盡」正對，象徵人生
之有盛有衰；「躁」、「藏」異態，蘊涵生命之動動靜靜。全詩可謂完
美。而且二人正是西漢、東漢之第一大將。

421. 杜甫與韓愈——雜詠六言八首之一

退之效玉川體，子美和〈舂陵行〉。
古訓後生可畏，俗語文人相輕。（卷四六，頁 2408）

此詩說韓、杜，只著眼一事：韓愈偶效李賀詩體，杜甫遙和元結〈舂
陵行〉。老杜詩風，近於元結而更闊大精深，韓詩李詩，並不近似，
但二人對前輩詩人皆存有高度的敬意，因此仿之和之。

末二句後生可畏，謂杜、韓或勝元、李；文人相輕，則是一個泛
指的對照組：一般文人，自是而輕人，遠不及杜、韓多矣。「古訓」、
「俗語」二詞，若有若無，卻正是好裝飾。

422. 魯仲連與平原君——雜詠六言八首之四

大將軍無舊客，四公子成古墳。
寄語魯仲連輩，買絲繡平原君。（卷四六，頁 2408）

按：此詩下自註〈李賀詩〉，不知何所指。

世間富貴權勢，當時轟轟隆隆，不久便如過眼雲煙。故有前十二
字。此二句亦是對仗，而不嫌合掌。「成古墳」對「無舊客」，真實而
感傷。

後二句乍看有些突兀：魯仲連何等高人，為什麼要請他買絲繡平

原君？後村心意乃在：仲連固高潔，平原君亦自有功於國於君於民，二者不可偏廢，不必以此驕彼也。

423. 顏淵與陳仲子——雜詠六言八首之五

上壽都來百歲，厚祿不過萬鍾。

陋巷儒死廿九，灌園子辭三公。(同上)

人生百態，途由自擇。富貴何必驕人，萬鍾之厚祿又能如何！長壽也沒什麼了不起，不過百年而已。

但自由意志的可貴，乃在把持自己生命的旋律，擇所願擇，行所當行。

以故本詩的重點乃在後二句，前半不過設勢烘托而已：顏淵居陋巷，一簞食一瓢飲，永不改其樂，大儒廿九（不滿三十也）死，無怨無悔；陳仲子逃功名去富貴，隱而為人灌園，心安理得，終生無愧。如此人生，方堪為後村及世人之典範。

卷四十七

424. 阮孚與晏嬰——受用

阮遙集平生幾屐？晏平仲半世一裘。

禿翁受用能多少？櫟葉爲衣荷蓋頭。（卷四七，頁2438）

按：晉人阮孚喜收藏木屐，嘗語人曰：「一生能著幾兩屐？」瀟灑自
　　若；晏嬰爲齊相，一件裘衣穿三、四十年而不更換，是普世節儉
　　風的典範。（其實阮語更有人生短暫之寓意。）

　　禿翁，應指呂洞賓，《唐才子傳》卷八云：「常鬈髻，衣櫟葉，隱
見於世。」此詩中的「荷蓋頭」，恐是詩人恣筆修飾增綴之語，然亦
頗有風致。

　　後二句更加強首二句的力道，而把第三句當作主幹：三枝一榦，
榦在中間偏後，且用問句安排之。

425. 韓愈——退之

向來諛墓人，其報在身後。柳車不免埋，硫黃安能壽？

流傳碑板多，篇篇說不朽。溘先同露電，沙魘曰山斗。

（卷四七，頁2439）

韓愈在前面已屢次詠及，皆爲肯定之辭、讚譽之語，惟獨這首〈退之〉，
顯然是貶訕之作，重點在他好受重酬爲人作墓志碑文。

　　首句一語中的：韓愈雖爲唐代第一人，卻也是一個爲人不齒的「諛

墓人」：諛墓二字，既諷又實。二句緊接其後，猶如春秋之筆：其報在身後。意指諛墓之文寫多了，後人會批評他，貶損他。你諛人墓，人未必諛汝之墓！

三四句由喪車不免為埋屍作前導說起，說到退之愛食硫黃，也未能長壽，只活了五十六歲！直認為退之未能通達生死之理。

五句直接扣題，六句諷意十足。七八句：生命如《金剛經》所言，如露如電，何必將沙魘妄譽為山斗！

此詩句句切題，步步進逼，退之何以承當！

426. 李　杜

李杜文章宗，繼者宜重黎。伯禽視熊驥，未易分高低。
小者善鈎魚，大者能柵雞。世無託孤者，練葛誰提攜？
謫仙葬青山，女嫁為農妻。州牧選高援，使嬪於中閨。
曰禽鳥有匹，寧合不願睽。生於隋唐後，名與姬姜齊。
吾家中壘公，惜不經品題。（卷四七，頁 2440）

按：此詩明寫李、杜，卻以大半篇幅寫李白之女，可謂詩中別格。

首四句讚譽李、杜為文章之宗，只有昌黎能繼承他。三四以伯禽、熊驥相喻，謂三人乃在伯仲間。五、六句以釣魚、養雞為喻，別開生面，大致是說三人為詩文，能大能小。

七、八句忽然一轉，說李、杜雖偉大，其子女無託孤者，無人提攜。緊接九、十句說及李女嫁為農婦，十一二句又一轉：州牧欲選伊為宮中嬪妃，十三、四句，寫李女之貞節，寧守貧夫，不願為鳳凰入宮。十五、六句讚她可比美古之賢女姬姜。末二句惋惜劉向未能及見其人，予以讚頌品題。全詩七轉八折，真奇什也。

427. 昌　谷

王孫乘顥氣，九萬里空洞。
春風吹玉唾，點點成綵鳳。
不惟僕命〈騷〉，直恐無〈雅頌〉。

　　暮歸阿婆嗔，奴輩錦囊重。（卷四七，同上）

李賀爲中唐大詩人，古今評論者多。此詩四十字，卻說得淋漓盡致。前四句尤堪稱昌谷知音。

　　王孫是李賀身分，乘灝氣則予人「賀猶龍也」之感，九萬里上空，是莊子世界。春風玉唾，點點成鳳，美哉肖哉，此喻亦可比美二李矣。

　　五句針對杜牧序：「少加以理，亦可以奴僕命〈騷〉矣。」而發，六句乍看有些誇張，但若解作：昌谷詩乃雅頌中所無者，則妥切了。末二句乃餘波：李賀晨出晚歸，囊中盡藏詩句，母嗔之曰：「是兒必嘔出心肝乃已！」「阿婆」二字妙，「錦囊重」三字好。

428. 商　翁

　　初隱靈芝處，終逃小橘中。誰言秦法密，網不得商翁。

　　（卷四七，同上）

按：商翁爲秦朝隱士之一，姓商，名不詳。如本詩首二句所述，最
　　初隱藏於一片靈芝田地中，後因行迹不密，乃另外逃避於橘樹
　　叢中。這前面十個字，只是平實交代商翁故事的梗概，自然形
　　成一對句。

　　三、四兩句，一貫而下。秦法固密，但天地至大，仍可容許商翁
逃了又逃，避了又避。最後乃以「網不得商翁」作結，以彰顯獨立自
高之隱士。

按：辛註本將末句標點標成「？」，不合詩意，故改爲「。」

429. 樂　天

　　眾評白傅謚，誰得樂天心？小太宗英主，臨朝謚醉吟。

　　（卷四七，頁2441）

按：白居易死後，朝廷謚之曰「文」，故有「白文公」之稱；他另有
　　「醉吟先生」之號，據本詩所說，乃唐宣宗所贈之另一謚號，但

根據唐書本傳，則此四字爲樂天自取之別號，且作有〈醉吟先生傳〉，乃仿陶淵明〈五柳先生傳〉而作也。

此詩作意，簡而易明：即「文」之諡號，不能顯示白居易一生的特質（以之屬韓愈則較爲恰當），反而是「醉吟」二字，更能得其神髓。按白居易嘗自稱「詩魔」，其義當略同於此。不過，白之醉，非劉伶之醉，乃淵明、太白之醉也。

430. 司馬光──涑水

　　洛下人呼爲迂叟，非惟語簡意無窮。
　　曲臺不合加美諡，俗了深衣大帶翁。（同上）

按：司馬光（西元 1019～1086 年）爲北宋名臣，字君實，晚號迂叟，世稱涑水先生，諡文正。

後村此詩，別具深意。由前二句，可知他認爲「迂叟」二字，他人或覺不雅，他卻覺得意味無窮：迂而直，正氣凜然；迂而遠，常人莫及。

太常爲之立諡曰「文正」，似雅實俗，這位「深衣大帶」的長者，安可以此爲諡？「美」而未必美也。

詩語若戲，實值深思。

431. 高　光

　　發兵坑鯨布豎子，踞洗罵隨何腐儒。
　　誰道東都重名節，故人只喚作狂奴。（同上）

高光爲漢高、光武二人之合稱。

按：漢初楚封鯨布爲淮南王，漢以步卒五萬騎五千攻布，不克，隨何說布背楚降漢，因功封護軍中尉。高祖不滿輒罵，鯨布豎子、隨（隋字誤）何腐儒，皆信口而罵之也。

東都，洛陽也，代指光武帝，故重名節，但遇到老友嚴光，不衫不履，自成一格，使他無可奈何，乃以「狂奴」呼之。

此詩合詠高光，古今無二，亦可說是一種特殊的聲音。兩人比照若此，使人不覺莞爾。

「豎子」、「腐儒」、「狂奴」，先後相映成趣，三句夾入一「名節」，更添一番熱鬧。

432. 曹操——蹙操

老賊所憂惟備權，豈知中憤氣同然。

諸賢莫道江東小，蹙操惟消兩少年。（卷四七，頁2442）

這首詩從一個特殊的角度看曹操，兼及劉備和孫權。題爲「蹙操」，意謂使曹操發愁也。

《三國演義》中曹操曾對劉備說：「天下英雄，惟使君與操耳。」此處後村稍加擴充，增列孫權，亦頗合乎客觀史實。

莫雄惺惺相惜，固世之恆情，但若勢成敵對，則爲憂蹙之源。

次句謂劉備與孫權對曹操，也是同仇敵愾。三、四句再強調本詩主旨，江東小而不小，但只有此二人可使曹操憂心。

「老賊」居首，「兩少年」殿後，正是遙遙對峙之勢。

433. 劉琨與祖逖——琨逖

遷喬不與鶯爭出，殿後猶云馬不前。

越石早知無合殺，不如且讓祖生鞭。（同上）

祖逖、劉琨，乃晉代一對名將，從少年時即爲好友，聞雞起舞，千古美談。

此詩專詠劉琨不肯讓祖逖著先鞭「常恐祖生先吾著鞭」之事。前句用喻甚切；次句委婉說琨應慷慨讓賢，猶言乃馬不肯先。典出自《論語·雍也》：「非敢後也，馬不進也」。三句交代得更清楚：早知不能合力殺敵，何不讓老友祖逖著一先鞭，先行立功？此事虛虛實實。

此詩尚稱平實。但前二句有對仗之意：「鶯爭出」、「馬不前」尤度得妙。

434. 曹孟德（少作）

精舍觀書二十年，偶窺沸鼎出饞涎。

小豪已草黃巾檄，老大遭燒赤壁船。

半夜宮嬪和淚訣，當時漢禪只心傳。

後來仍有朱三輩，欲比英雄恐未然。（同上）

此詩比較全面地議論曹操：由少年時代折節讀書說起，首句之「精舍」，顯示他的貴族子弟身分也。次句妙喻解頤：沸鼎者，食器也，喻亂世，出饞涎亦喻依，實指引發野心。

三、四句寫二件大事：草檄討黃巾，赤壁遭火攻。五、六句稍嫌拼湊，夜別宮嬪，則不肖子曹丕乘虛而入矣；漢禪爲心傳，實爲替謀篡者掩飾，亦可視作反諷之筆。

朱三應指叛逆之徒，乃清初號召復明之人，欲比英雄，自不然也；然則曹操是英雄？是耶，非耶？

這是一首開放型的人物詩。中四句對仗得工巧。

435. 孫伯符（少作）

霸略誰堪敵伯符？每閱史冊想規模。

一千掃眾橫江去，十七成功自古無。

不分老瞞稱獅子，便呼公瑾作姨夫。

君看末命尤奇特，指顧張昭爲托孤。（卷四七，頁 2443）

按：孫策爲孫堅之長子，據會稽，自領會稽太守，定江東地。會曹、袁相攻，擬襲許昌迎漢獻帝，未發，遇刺卒，托孤張昭等大臣輔其弟權固守江東。

此詩首二句大大表揚孫策善用兵。十七歲率兵千人，橫江守江東，此三四句氣象干雲。

五句說曹操稱之爲獅，殊不心甘；六句說他娶了美女大喬，與周瑜爲連襟之誼。末二句有些硬撐：「末命尤奇特」尤然，八句稍平實。

孫策一生，得此一詩，亦足不朽矣。

436. 劉玄德（少作）

老瞞虐焰市朝空，宗室惟餘大耳翁。

漢賊有誰分逆順？關河無地著英雄。

紫髯久矣營江表，黃屋蕭然寄峽中。

可惜姜維膽如斗，功雖不就有餘思。（同上）

此詩寫劉備的大半生；首句寫時代背景：曹操十分囂張，次句正寫劉備，亦正顯示首句有烘襯之功。

三句慨天下大亂，四句最為悲壯淒婉：英雄落魄，關河無地，乃不得不奔走於荊襄之地，乞助借地。

五句說孫權已占先機，擁有江東之地，劉備只好蕭然寄身於巴蜀。說到此處，似已告一段落。

末二句慨蜀之衰亡，卻著落在孔明亡後的繼承人——傳聞膽大如斗之姜維心餘日絀，欲救危亡而不能，蜀漢之命運似已天定！

寫先主而不提諸葛、關、張諸人，亦是一奇，但畢竟力道稍嫌不足。

437. 曹操——魏志：操下令云：「向使國家無孤，不知幾人稱帝，幾人稱王。」

稱帝稱王非一個，國家不可便無孤。

此言只是瞞孺幼，豈有英雄也恁愚？（同上）

此詩由《三國志・魏志》中所記載的一句曹操的話，加以渲染，藉此批判曹操之為人。

前二句重新述說曹操的語意，變十六字為十四字，但較為生動，而且暗寓諷意。

三句巧用「阿瞞」之「瞞」字為動詞，強烈譴責曹操英雄欺人——也許是自欺欺人。四句緊扣上句，「豈有……也恁愚」，說得既委婉又逼切，可謂春秋之筆。

其實漢末天下之亂，曹操自己也有幾分責任。

438. 二　世

失國之君多咎政，興王者作著休符。

亡秦天告由胡亥，非謂長城外有胡。（卷四七，頁 2444）

秦二世胡亥，無能而可憐，爲趙高輩所操弄，無可奈何。首句本是泛說：亡國之君往往歸咎於時勢之不可爲，但「政」即「嬴政」之政，亦云巧矣。次句謂有亡必有興，興王者出，爲亡國之君畫下休止符。

三、四句反映當時一謠諑：「亡秦者胡」。聞者以爲乃指長城以北之匈奴，不料竟應在自家人胡亥二世身上！此十四字可謂史筆。

卷四十八

439. 王昭君——廣列女四首之四

骨永埋胡地，魂終戀漢廷。誰令妃遠嫁？千載冢猶青。

（卷四八，頁 2470）

王昭君詩古今夥矣，此詩二十字似不甚起眼，但自見主旨。

首二句明是敘述昭君故事之梗概，其實在在透示惋惜同情之思。「骨永埋」，「戀漢廷」，前句諷漢帝之無情，後句讚昭君之有情有義。

三句復責備元帝，四句以千載冢青象徵王昭君之不朽精神。

古今昭君詩若選三十首，不可漏列此什。

440. 姜維——錄姜伯約遺言

事或難遙度，人殊未易知。誰云臥龍死，復有一姜維？

（同上，頁 2471）

按：姜維亦蜀之名將，諸葛亮死前以蜀之軍事託付之，可惜時不我予、才亦有限，終含恨而終，前引〈劉玄德〉詩中已論及之。

此詩由兩句伯約遺言起興：世間人、事，俱不易知。生民百艱，吾奈之何！

後二句頗有春秋責備賢者之義：人言孔明死後，有一姜維可以繼

之。但聽其言而察其人，則如此氣短計窮志蹇之人，何足稱道哉！
　詩中曲筆未必不犀利，此其一證。

結　論

　　劉克莊的人物詩數量甚多，至少在一千首以上，本書只擇舉其中
的四百四十首予以研探，選錄的標準大致有二：

　　一、多取古人，少取當代人物。因爲古人不論賢否，畢竟曾經過
　　　　時代淘洗，今人則魚龍混雜，不一而足，不可不愼取焉。

　　二、看詩意之深淺、多寡作決定。詩情詩意過於淡薄，或泛泛應
　　　　酬之詩皆不選取。

後村的人物詩，大致有以下二十四個特色：

　　一、人物不論古今，博取泛吟。

　　二、有的人物一吟再吟，前後命意、主題不盡相同，甚至有南轅
　　　　北轍、相差甚多者，一概並存而討論之。

　　三、有學有識亦有才，是後村人物詩的總評語。

　　四、不論大人物、小人物，親戚、好友，後村一視同仁。

　　五、多用賦法，少用比興。

　　六、有些人物詩乍看平平實實，其實其中自有蘊蓄。

　　七、體裁以近體爲多，絕句更勝過律詩，而五絕又多於七絕，往
　　　　往二十字中，包蘊一人之一生。

　　八、後村人物詩，大約在上品、中品之間。

　　九、卷十四、十五的兩百首五言絕句，以十首爲一組，所取皆歷

史上重要人物，各詩言簡意賅，且時有言外之思，爲後村一大成就。

十、後村人物詩以平實者居多，但亦頗耐人尋味。

十一、後村在人物詩中，擅長活用關鍵詞。

十二、後村富有史識及歷史感，在人物詩中流露無餘。

十三、有時亦作翻案文章，但不致強爲之說。

十四、理性與感性兼顧，尤重理致。

十五、少數人物詩，不免質木無文，尤其五絕更顯著。

十六、後村人物詩，以質量並觀，在宋代詩人中爲數一數二者。

十七、後村人物詩多富史識，往往有獨特見解，可謂另一類「詩史」。

十八、偶有過分平易之作，但所占比例不高。

十九、後村擅長把一位古人的複雜錯綜的一生，抓住核心，數語成詩。

二十、後村人物詩風格以平易近人爲主，亦有工麗者，豪放者，奇譎者。

二十一、後村常將歷史上的配角轉化爲主角，爲之吟詩。

二十二、後村的正義感、是非感在人物詩中固然充分流露，但有時不免解讀偏頗，表達超過。

二十三、在當代人物詩中，後村表現了自謙、自憐和自訕之情。

二十四、後村人物詩中的絕律，大體上循守格律。